몽테크리스토 백작 2

일러두기

• 이 책은 Alexandre Dumas, 『*Le comte de Monte-Cristo*』 Tome I, II, III, IX(Project Gutenberg, 2006)를 참고했습니다.

진형준 교수의 세계문학컬렉션 26

몽테크리스토 백작 2

Le comte de Monte-Cristo

알렉상드르 뒤마 지음

살림

몽테크리스토 백작 2 **차례**

몽테크리스토 백작 1 **차례**

제
2
권

빌포르와 당글라르 부인의 비밀

　　　　　　오퇴유에 있는 몽테크리스토 백작의
집은 겉보기에는 지극히 평범했다. 백작이 집사 베르투치오
에게 집의 외양은 조금도 변화시키지 말 것을 엄명했기 때문
이었다. 하지만 안으로 들어가면 모든 것이 확 달라졌다. 단
사흘 만에 일어난 요술 같은 변화였다.

　우선 황량하기만 하던 정원에 나무를 가득 심었다. 또한 앞
마당은 드넓은 카펫처럼 잔디를 깔았다. 그러나 정원의 본래
모습을 조금도 훼손하지 않도록 각별히 신경을 썼다. 20년 동
안이나 아무도 살지 않아 음산하기만 했던 집은 단지 며칠 만
에 생기가 돌았다. 정원에는 정답게 사람을 맞는 개들이 있었

으며 새들이 즐겁게 지저귀고 있었다.

　황량하던 집은 당장에 화려한 궁전처럼 변했고 많은 하인들이 그 궁전 안에서 오가고 있었다. 안으로 들어가면 서재가 있었으며 서재에는 약 2,000권의 책들이 두 개의 책장에 꽂혀 있었다. 도서실과 마주 보이는 반대쪽에는 온실이 있어 온갖 진기한 꽃들이 자태를 뽐내고 있었으며, 온실 한가운데에는 당구대가 놓여 있었다.

　5시 정각이 되자 백작이 알리와 함께 이 저택에 도착했다. 마차에서 내려 뜰을 둘러본 백작은 이렇다저렇다 말 한 마디 없이 정원을 한 바퀴 돌았다. 백작이 이 집에서 만찬을 열기로 하고 사람들을 초대한 날이었다. 하지만 알베르 가족은 초대하지 않았다. 그는 며칠 전 미리 알베르를 만나 그와 그의 부모들은 초대하지 않겠다고 말해두었다. 그 자리에 알베르 가족을 초대하면 무슨 결혼 상담 같은 모임의 느낌이 들 수도 있으니 알베르의 어머님이 언짢게 여길 수도 있다는 핑계를 댔다. 모르세르 부인, 그러니까 메르세데스는 알베르와 외제니 사이에 오가는 혼담을 탐탁지 않게 여기고 있었던 것이다. 알베르는 어머니와 함께 바닷바람이나 쐬러 며칠 파리를 떠나 있겠다며 백작의 뜻을 받아들이겠다고 했다.

6시 정각이 되자 마차 소리가 문 밖에서 들렸다. 막시밀리앙 모렐이 도착한 것이었다. 그는 쥘리와 엠마뉘엘의 안부를 전했다. 이어서 드브레와 당글라르 남작 부부가 도착했다. 그들과 함께 샤토 르노도 왔다. 당글라르 부인은 마치 무엇을 탐색이라도 하듯이 재빠르게 주위를 둘러보았다. 몽테크리스토 백작은 부인의 그 모습을 놓치지 않고 눈여겨보았다.

그들이 인사를 나눈 후 이런저런 잡담을 하고 있는데 충실한 하인 바티스탱이 와서 알렸다.

"바로톨로메오 카발칸티 소령, 안드레아 카발칸티 백작께서 도착하셨습니다."

방금 재단사로부터 넘겨받은 멋진 군복에 수염을 깎고 반백의 콧수염을 한 소령은, 세 개의 훈장과 십자 훈장 다섯 개를 달고 있는 나무랄 데 없이 완벽한 노군인이었다. 그의 옆에는 역시 멋진 새 옷을 입은 안드레아 카발칸티 백작이 입가에 미소를 띠고 있었다.

당글라르가 몽테크리스토 백작에게 물었다.

"저분들은 어떤 분들이지요?"

"아, 이탈리아 귀족들에 대해서는 잘 모르시는 게 당연하지요. 저분들은 카발칸티 가문의 귀족들입니다. 왕가의 혈통이지요."

"재산도 많은가요?"

"굉장하지요. 그렇지 않아도 이틀 전 저를 만나더니 당신 은행에 대한 신용장을 갖고 있다고 하더군요. 실은 당신을 염두에 두고 저분들을 초청한 겁니다. 제가 소개해드리지요."

백작은 유심히 당글라르의 표정을 살폈다. 그는 표정이 어두워보였다. 백작이 시치미를 떼고 부인에게 물었다.

"남작께서 기분이 별로 안 좋아 보이시네요."

부인이 대답했다.

"아마 주식으로 손해를 봐서 그럴 거예요."

당글라르는 스페인의 돈 카를로스 왕이 카탈루냐를 탈출해서 스페인으로 귀국, 반란을 도모하고 있다는 소식을 미리 듣고 공채를 모두 팔았다. 그가 공채를 다 판 후에 실제로 그런 일이 있었다는 신문 기사가 났고 공채는 곤두박질했다. 당글라르는 가슴을 쓸어내렸다. 하지만 곧 오보임이 밝혀지고 주가는 다시 오르는 바람에 당글라르는 고스란히 70만 프랑의 손해를 보았다. 독자들은 벌써 눈치를 챘을 것이다. 독자들이 지루해할까봐 자세한 내용은 생략하거니와, 당글라르를 향한 백작의 복수의 전초전이었다. 잘못된 소식을 미리 당글라르가 알게 하고 그것이 보도되기까지 몽테크리스토 백작의 치밀한 계략이 있었던 것이다.

그들이 이런 이야기를 나누고 있을 때 바티스탱이 외쳤다.

"빌포르 씨 부처이십니다."

바티스탱의 말대로 빌포를 부부가 안으로 들어섰다. 몽테크리스토 백작은 빌포르 씨와 악수를 하면서 그 손이 가볍게 떨리는 것을 느꼈다. 몽테크리스토 백작은 빌포르 씨가 무언가 감정을 억누르려 애쓰고 있음을 알 수 있었다. 당글라르 부인은 빌포르에게 미소를 지어 보인 후 빌포르 부인에게 입을 맞추었다.

그 모습을 보고 백작은 생각했다.

'그래, 남자들과 달리 여자들은 감정을 감출 수 있는 법이지.'

손님들이 모두 오고 한 차례 인사가 끝나자 백작은 베르투치오가 부엌에서 일을 지휘하다가 막 살롱으로 들어서려는 것을 보았다. 백작은 얼른 밖으로 나가 베르투치오 앞에 섰다.

백작을 보자 베르투치오가 물었다.

"백작님, 손님이 모두 몇 분이지요?"

"자네가 직접 세어보게. 이제 모두 오셨으니."

베르투치오는 살롱 문을 살짝 열고 그 틈으로 안을 들여다 보았다. 그러더니 갑자기 눈이 휘둥그레졌다.

"오오, 백작님! 저 여자예요……. 바로 저 여자……."

"누구 말인가?"

"저기 저 금발의 여자 말이에요. 흰 드레스에 다이아몬드를 잔뜩 단 저 여자……."

"당글라르 부인 말이로군. 그래, 그 여자가 어쨌다는 건가?"

"그래요, 후원에 있던 여자! 임신해서……. 누군가 기다리며 초조하게 왔다갔다 하던 그 여자!"

"누굴 기다렸단 말인가?"

베르투치오는 말은 못 하고 손가락으로 빌포르를 가리켰다.

"오! 오! 보이십니까? 저 사람 유령이 아닌가요? 제가 죽인 줄 알았는데……."

"자네, 도대체 무슨 소리를 하고 있는 건가? 미쳤나? 무슨 악몽을 꾸고 있는 거겠지. 자, 쓸데없는 소리 집어치우고 손님

수나 세어보게."

베르투치오는 바르톨레메오 카발칸티까지 여덟을 센 후에 안드레아 카발칸티로 시선을 돌리더니 깜짝 놀랐다. 그는 소리를 지르려다가 백작과 눈이 마주치자 입안으로 소리를 삼키고 나지막이 말했다.

'오, 베네데토가! 어찌 이럴 수가!'

시계가 6시 반을 울렸다. 백작은 베르투치오를 그대로 놔둔 채 다시 손님들이 기다리고 있는 살롱으로 돌아왔다. 베르투치오는 후들거리는 걸음걸이로 겨우 벽에 몸을 기대며 식당으로 돌아갔다.

5분 후 응접실 문이 열리고 베르투치오가 나타나 말했다.

"식사 준비가 다 되었습니다."

몽테크리스토 백작은 빌포르 부인에게 팔을 내밀며 빌포르에게 말했다.

"검사님께서는 당글라르 남작 부인을 부축해주시면 좋겠습니다."

빌포르는 잠자코 백작의 말을 따랐다. 태연한 표정이었지만 뭔가 망설이는 기색이 감돌고 있는 것을 백작은 놓치지 않고 보았다.

식당으로 가면서 손님들은 모두 무언가 비슷한 기분에 사로잡혀 있었다. 무언가 기이한 힘에 의해 이 집에 모이게 된 것 같았다. 무언가 놀랍기도 하고 불안하기도 했다. 하지만 이곳에 안 왔더라면 좋았을 것이라고 생각하는 사람은 없었다.

당글라르 부인은 백작의 권유로 빌포르 씨가 자기의 팔을 잡으러 오는 것을 보고 움찔했다. 빌포르 역시 부인의 팔을 잡으면서 가볍게 눈가가 떨렸다. 백작은 두 사람의 이런 모습을 하나도 놓치지 않고 주시했다. 그렇게 짝을 지어놓는 것만으로도 충분히 흥미로운 볼거리였다.

모두 식탁 주변에 앉았다. 빌포르 씨의 오른쪽에는 당글라르 부인이 왼쪽에는 막시밀리앙 모렐이 앉았다. 백작은 빌포르 부인과 당글라르 남작 사이에 자리 잡았다. 그리고 드브레는 카발칸티 부자 사이에, 샤토 르노는 빌포르 부인과 모렐 사이에 자리를 잡았다.

식탁은 기가 막힐 정도로 풍성했다. 완벽한 동방식 성찬으로서 마치 선녀들을 위한 식탁이라고 말할 수 있을 정도였다.

모두 입을 벌릴 수밖에 없었다. 백작이 껄껄 웃으며 말했다.

"여러분도 제가 해드릴 말씀을 인정해주시리라 믿습니다. 재산이 어느 정도에 이르게 되면 오로지 할 일은 낭비밖에 없다는 사실 말입니다. 제 필생의 목적은 오로지 두 가지뿐입니다. 눈에 보고도 믿을 수 없는 것들을 실제로 볼 수 있게 되는 것, 도저히 제 손에 넣을 수 없으리라 여겨지는 것을 제 손에 넣는 것, 바로 이 두 가지입니다. 저는 제 재산과 의지로서 그 목표를 이루면서 살고 있습니다.

그 목표를 이루기 위한 제 열정은 여러분이 여러분 하시는 일에서 발휘하는 열정과 다를 바가 하나도 없습니다. 예를 들면, 당글라르 씨가 철도 노선을 새로 만들기 위해 발휘하는 열정, 빌포르 씨가 인간을 벌주기 위해 발휘하는 열정, 드브레 씨가 하나의 왕국을 평정하려 할 때 발휘하는 열정과 같습니다. 샤토 르노 씨가 한 여자의 마음을 사로잡기 위해 발휘하는 열정, 모렐 씨가 아무도 등에 오를 엄두도 못 내는 말을 타고 싶어 할 때의 열정과도 다를 바 없지요.

오늘 여러분의 식탁에 오르게 된 두 종류의 물고기도 바로 그런 열정의 결과입니다. 그중 한 놈은 상트페테르부르크에서

15킬로미터 떨어진 곳에서 잡아온 것입니다. 또 한 놈은 나폴리 근처 바다에서 태어난 놈이고요. 그것들을 이렇게 한 식탁 위에 올린다는 것, 정말 재미있지 않습니까? 저는 그놈들을 산 채로 가져와 요리해서 여러분 식탁에 내놓은 것입니다.”

그가 가리킨 물고기는 철갑상어와 칠성장어였다. 파리에서는 도저히 손에 넣기 어려운 물고기들이었다.

그러자 샤토 르노가 말했다.

“정말 놀랍습니다. 그 진귀한 물고기들을 산 채로 가져오시다니! 하지만 제가 더 놀라운 것은 이 집의 변화입니다. 이 집을 사신 지 1주일밖에 안 되셨지요?”

“그렇습니다.”

“그런데 그사이에 집이 이렇게 몰라보게 변하다니! 제 기억대로라면 분명히 입구는 다른 곳에 있었습니다. 아무것도 없던 앞뜰에 어느새 잔디가 깔리고 100년도 더 된 것 같은 고목들이 정원을 둘러싸고 있다니.”

그러자 백작이 대답했다.

“제가 나무와 그늘을 좋아하기 때문이지요.”

그러자 이번에는 빌포르 부인이 말했다.

"정말이에요. 전에 백작님이 저를 구해주시던 날도 한길에 난 문을 통해 들어왔는데요, 문이 다른 쪽으로 나 있네요."

"그렇습니다, 부인. 문을 통해서 불로뉴 숲을 내다보고 싶어서요."

그러자 샤토 르네가 말을 받았다.

"정말 헌 집을 완전히 새집으로 만들어놓으셨어요. 정말 기적 같은 일입니다. 전에 굉장히 낡은 집이었거든요. 음산하기까지 했어요. 2~3년 전인가 제가 한 번 와본 적이 있습니다. 생 메랑 씨가 이집을 내놓자 제 어머니가 한번 가보라고 하셨거든요."

그러자 빌포르 부인이 말을 받았다.

"생 메랑 씨요? 그렇다면 백작께서 이 집을 사시기 전에는 생 메랑 씨 소유였다는 말씀이신가요? 백작님 맞아요?"

백작이 점잖게 대답했다.

"저야 알 수 없는 일이지요. 그런 사소한 일들은 모두 집사가 처리하고 저는 지시만 할 뿐이니까요."

그러자 샤토 르노가 다시 말했다.

"이 집에 사람이 살지 않은 게 10년은 넘었을 겁니다. 참 쓸

쓸한 집이었지요. 이 집이 빌포르 검사님 장인의 집이었기 망정이지, 만일 그렇지 않았다면 무슨 끔찍한 일이 일어났던 흉가라는 소문이 났을지도 모릅니다."

그러자 그동안 앞에 놓인 포도주 잔에 손도 대지 않고 있던 빌포르가 잔을 들더니 단숨에 죽 들이켰다. 그리고는 억지웃음을 띠며 말했다.

"이 집은 제 장인이시던 생 메랑 후작의 손녀, 그러니까 제 딸 발랑틴의 지참금 중 하나였지요. 아마 더 망가지기 전에 팔려고 내놓았을 것입니다."

이런저런 이야기들을 나누는 사이 식사가 끝났다. 그러자 백작이 말했다.

"사실 이 집에는 제 시선을 끄는 방이 하나 있습니다. 겉보기엔 다른 방과 다를 바 하나도 없는데 웬일인지 좀 드라마틱해 보였어요. 저도 왜 그런지 설명드리기는 어렵습니다. 무언가 은밀한 일이 벌어졌던 것 같은 육감을 느끼게 하거든요. 꼭 데스데모나의 방을 연상시킨답니다. 셰익스피어의 『오셀로』에서 남편 오셀로의 손에 의해 죽은 그 여자의 방 말입니다. 자, 식사들도 다 하신 것 같으니 제가 그 방을 보여드리겠습니다. 그런 후 후원으로 내려가 커피를 들지요."

백작이 자리에서 일어나자 모두들 자리에서 일어났다. 그러나 두 명은 마치 못이 박힌 듯 제 자리에서 꼼짝도 하지 못했으니, 바로 빌포르와 당글라르 부인이었다. 그들은 싸늘하게 얼어붙은 채 은밀히 눈길을 나누었다. 당글라르 부인이 나지막이 말했다.

"들으셨어요?"

"어쨌든 따라가야 해." 빌포르는 부인에게 팔을 내밀며 대답했다.

사람들은 흩어져 이 방 저 방 구경했다. 백작은 늦게 나온 두 사람을 기다렸다. 이윽고 모두 백작이 말한 방에 들어섰다. 백작의 말이 있어서인지 모르겠지만 무언가 불길한 느낌을 주는 것 같았다.

"아유, 왜 이렇게 무시무시한 기분이 들지요?"라고 빌포르 부인이 말하자 백작이 그 말을 받았다.

"저도 가끔 그런 생각이 듭니다. 이 침대를 보세요. 이상한 위치에 놓여 있지 않나요? 게다가 커튼 색깔은 꼭 핏빛 같지 않습니까? 또 여기 초상화 두 장을 보세요. 저 창백한 입술과 무섭게 생긴 눈을 보세요. 마치 '나는 다 보았다'라고 말하는 것 같지 않은가요?"

백작의 그 말에 빌포르의 얼굴이 창백해졌고 당글라르 부인은 벽난로 옆의 소파에 털썩 주저앉았다. 그러자 빌포르 부인이 당글라르 부인에게 장난기 섞인 목소리로 말했다.

"어머, 용기도 대단하셔라. 어쩌면 살인이 일어났을지도 모르는 의자에 그렇게 앉으실 수 있다니."

당글라르 부인은 혼비백산한 듯 자리에서 벌떡 일어났다. 드브레도 부인이 동요하는 것을 분명히 알아볼 수 있을 정도였다.

백작은 보일 듯 말듯 야릇한 미소를 입가에 띠면서 계속 말했다.

"여기 좀 보세요. 이상한 계단이 있어요."

백작은 커튼 뒤에 숨겨진 작은 문을 열었다. 그 아래로는 나선형 계단이 나 있었다.

"어떠세요? 뭔가 그림이 하나 그려지지 않나요? 소나기라도 퍼부을 것 같은 어두운 밤, 누군가가 무거운 것을 들고, 행여 누가 볼까 사람들 눈을 피해 하나씩 하나씩 계단을 내려가는 모습!"

당글라르 부인은 빌포르의 팔에 매달리다시피 한 채 거의 넋이 나가 있었고 빌포르 역시 벽에 몸을 기대지 않고는 그 자리에서 쓰러질 것 같았다.

드브레가 당글라르 부인을 보고 말했다.

"아니, 부인! 어쩐 일이십니까? 안색이 너무 안 좋으십니다."

당글라르 부인 대신 빌포르 부인이 대답했다.

"백작께서 너무 무서운 이야기를 해주셔서 그렇지요."

그러자 백작이 그 말을 받았다.

"제가 순전히 상상 속에서 지어낸 이야기니까 너무 무서워 마세요. 저는 이 방을 보며 다른 상상도 한답니다. 이 방이 그렇게 무서운 방이 아니라 반대로 선량한 어머니의 방일 수도 있다고 상상하는 거지요. 그렇다면 저 계단은 의사나 간호사가 산모를 깨우지 않으려고 조심조심 오르던 계단이라고 볼 수도 있지 않은가요? 또는 아기를 몸소 안은 아기 아버지가 조심스레 드나들던 방이라고 할 수도 있고요."

백작이 그 방을 그렇게 부드럽게 묘사하자 당글라르 부인은 완전히 정신을 잃고 말았다. 그러자 빌포르 부인이 약병을 꺼내더니 당글라르 부인의 입술에 붉은색 물약을 한 방울 떨어뜨렸다. 몽테크리스토 백작이 보내준 처방전대로 그녀가 지은 약이었다. 당글라르 부인은 곧바로 정신이 들었다. 모두 그녀의 남편 당글라르를 찾았다. 건물 안을 둘러보는 일에는 전혀 관심이 없는 그는 후원에서 카발칸티 소령과 리보르노와 피렌체 간의 철도 이야기를 나누고 있었다.

백작은 미안한 표정을 지으며 당글라르 부인을 부축해서 후원으로 나갔다. 그가 부인에게 말했다.

"정말 무서우셨습니까?"

그러자 곁에 있던 빌포르가 대답했다.

"그렇지요. 아무리 지어낸 이야기라도 여자들은 사실로 믿기 쉬우니까요."

그러자 백작이 말했다.

"그런데 저는 자꾸 이 집에서 무슨 범죄가 일어난 것 같다는 생각이 든단 말입니다."

그러자 빌포르 부인이 말했다.

"말씀 조심하셔야 할 거예요. 백작님 눈앞에 바로 검사가 있으니 말이에요."

"아, 그렇군요. 내가 그 생각을 못했지? 오히려 잘된 일이네요. 검사님, 제가 검사님께 고발을 하나 해야겠습니다."

빌포르가 놀라서 물었다.

"고발이라니요?"

"정말로 범죄가 있었습니다. 자, 따라 오십시오."

백작이 앞장서자 모두 뒤를 따랐다. 백작은 빌포르의 팔목을 잡고 당글라르 부인의 팔을 낀 채 플라타너스 그늘 밑으로 데려 갔다.

그곳에 이르자 백작이 말했다.

"자, 바로 이곳입니다."

그는 땅을 발로 굴렀다.

"이 나무들이 죽을 것 같아서 일꾼들에게 땅을 파고 비료를 심어주게 했습니다. 그런데 땅을 파던 일꾼들이 쇠로 된 금고를 하나 발견했습니다. 그런데 그 안에서 갓난애의 뼈가 분명한 것이 나오는 게 아니겠습니까. 이건 지어낸 이야기가 아니라 사실입니다."

백작은 당글라르 부인의 얼굴이 사색이 되고 빌포르의 팔이 부들부들 떨리는 것을 분명히 볼 수 있었다. 잠시 넋을 잃은 표정이었던 빌포르가 겨우 힘을 내어 말했다.

"하지만 그게 범죄인 것을 어떻게 안단 말입니까?"

"산 채로 아이를 묻으면 범죄가 아닌가요? 죽은 아이라면 여기 묻을 리가 없지요. 여기가 무덤도 아닌데. 영아를 살해하면 단두대로 가야 하지요? 그렇지요, 검사님?"

"그렇습니다"라고 빌포르가 대답했다. 하지만 살아 있는 사람의 목소리 같지 않았다.

백작은 자신이 마련했던 연극을 이제 그칠 때가 되었다고 생각했다. 더 이상 진행했다가는 그들이 감당하기 어려우리라는 게 뻔했고 그건 그가 바라는 바가 아니었다. 백작은 큰 소리로 말했다.

"자, 이제 커피를 드십시다."

백작이 빌포르 부인에게 가는 사이 기회를 봐서 빌포르가 당글라르 부인에게 귓속말을 했다.

"할 이야기가 있소."

"언제요?"

"내일 내 사무실에서."

빌포르와 당글라르 부인이 만나서 무슨 이야기를 나눌 것인지 독자들은 정말 궁금할 것이다. 하지만 그전에 우리는 당글라르 부부에게도 눈길을 한번 주어야겠다. 우리의 흥미를 끌만한 대화를 그들이 나누었기 때문이다.

백작의 집에서 나온 드브레는 당글라르의 집으로 가서 당글라르 부인을 만났다. 독자들이 이미 짐작하고 있겠지만 둘은 연인 사이였다. 드브레는 당글라르 부인을 달래주기 위해 그 집으로 간 것이었다. 당글라르는 집에 없었고 부인만 있었다.

드브레가 부인에게 부드러운 말을 하며 위로를 건네고 있는데 뜻밖에 획 하고 문이 열렸다. 당글라르가 나타난 것이다. 드브레는 부인에게 책을 읽어주는 척했다. 그런데 당글라르가 뜻밖의 말을 했다.

"당신, 너무 늦은 시각까지 책을 읽다가는 몸이 못 견딜 거요. 벌써 11신데. 게다가 드브레 씨는 집이 멀지 않소?"

드브레는 어리둥절했다. 당글라르의 말투가 너무 침착한 것도 놀라운 일이지만 자기와 부인의 만남에 대해서는 일체 관여를 안 해온 평소 모습과 달랐기 때문이다. 드브레는 뭐라고 두어 마디 중얼거린 뒤 밖으로 나갔다. 드브레가 밖으로 나가자 당글라르 부인이 말했다.

"여보, 오늘 아주 발전한 모습을 보이시는구려. 이제 아주 용감해지셨네. 남편의 권리를 내세우시는 건가요?"

당글라르는 부인을 거들떠보지도 않고 말했다.

"오늘 내가 기분이 별로 좋지 않아서 그래. 난 스페인 공채에서 70만 프랑이나 손해를 보았어."

"아니, 그 책임이 나한테 있다는 말이에요?"

"그럼 아냐?"

"무슨 소리예요? 왜 갑자기 그걸 저에게 뒤집어씌우는 거예요?"

"내, 찬찬히 얘기해주지. 4월에 당신이 내무대신 집에 초대받았지. 거기서 돈 카를로스 추방계획을 엿들었다고 하며 내게 알려주었잖아. 그 덕분에 난 스페인 공채를 사서 60만 프랑을 벌었고. 난 그중 당신에게 4분의 1인 15만 프랑을 떼주었어. 당신 덕에 돈을 벌 때마다 난 4분의 1을 떼주었단 말이야.

그런데 사흘 전 당신은 드브레와 정치 이야기를 하다가 돈 카를로스가 스페인으로 돌아올 것이 확실하다는 이야기를 했어. 그 소리를 듣고 나는 내 주식을 모두 처분했어. 당신 때문에 70만 프랑을 잃은 거야. 돈을 벌 때마다 4분의 1을 주었으니 이번에는 70만 프랑의 4분의 1인 17만 5,000프랑을 내게 주어야겠어. 돈이 없으면 당신 친구인 드브레 씨에게 빌려오라고. 당신 즐기라고 집에 드나들게 한 대가가 70만 프랑 손실? 난 계속 그렇게는 못 해!"

"아니, 그렇다면 드브레 씨에게 달라고 해야지 왜 내게 달라고 해요?"

"드브레? 난 그자는 잘 알지도 못해. 당신 정말 이럴 거야? 파리 여자들은 정말 대단해. 남편 모르게 두세 가지 잘못은 얼마든지 저지를 재주를 가지고 있다고 믿고 있으니. 나한테 들키지 않으리라고 생각했던 거야? 그따위 시시콜콜한 일에 관심이 없어서 모른 체해온 것뿐이야. 난 당신이 무슨 짓을 하는지 속속들이 다 알고 있어. 내가 다 속아넘어가는 줄 알았지? 내가 모르는 체했더니 빌포르나 드브레나, 어느 한 놈도 내게 이 집의 가장 대접을 안 해주더군. 난 당신이 나를 미워하는 건 용서하겠지만 나를 바보 취급하는 건 용서할 수 없어."

남편의 입에서 빌포르의 이름이 나오자 여자의 안색이 변하더니 벌떡 자리에서 일어났다.

"빌포르 씨라니요? 왜 그 이름은 입에 담는 거지요?"

"흥, 내가 모를 줄 알고? 당신 전 남편 나르곤 씨는 나처럼 은행가도 아니고 철학자도 아니었지. 뭐 둘 다였다고 해도 상관없어. 그래, 상대방이 검사라서 어쩔 수 없었나? 휴가 갔다 오니 자기 마누라가 임신 6개월인 걸 알고 속이 상해서 죽어? 암튼 그 때문에 그 사람은 죽은 거야. 하지만 나는 달라. 나는 좀 사나운 사람이야. 나도 내가 사납고 난폭하다는 건 잘 알아. 게다가 나는 그걸 아주 자랑스러워하고 있어. 그 덕분에 사업에 성공할 수 있었으니까. 당신 전 남편이 왜 연적을 못 죽이고 자기가 죽은지 알아? 돈이 없었기 때문이지. 하지만 난 돈이 있어. 난 그렇게 쉽게 당하지 않아.

그 이야긴 그만하지. 어쨌건 드브레 군 때문에 나는 70만 프랑을 손해봤어. 나는 그를 동업자나 마찬가지로 치겠어. 내가 말한 금액을 그가 책임지게 만들어. 안 그러면 그를 아예 파산시켜버리고 말 거야."

당글라르 부인은 정신이 하나도 없었다. 그녀는 의자에 주저앉았다. 당글라르는 그녀를 쳐다보지도 않은 채 자기 방으로 갔다.

이튿날 12시 반경에 당글라르 부인은 마차를 타고 집을 나섰다. 우리는 곧장 당글라르 부인을 뒤쫓기 전에 잠시 당글라르를 뒤따라가보기로 하자.

당글라르는 오후 2시에 몽테크리스토 백작을 찾아 샹젤리제 30번지로 갔다. 그는 자기 딸 외제니와 모르세르의 아들 알베르와의 결혼을 탐탁지 않게 여기고 있었다. 그는 내심 안드레아 카발칸티를 염두에 두고 있었다.

백작은 집에 있었다. 백작과 당글라르는 이 세상의 부자들에 관해 이야기를 나누었다. 당글라르는 은근히 카발칸티가문의 재산에 대해 물어보았다. 백작이 대답했다.

"글쎄요. 정확히는 모르지만 나는 어음에 그 사람 서명만 있다면 당장 1,000만 프랑 정도는 내줄 겁니다. 총액 5,000만 프랑 정도는 가진 부자로 알고 있으니까요. 저처럼 1억 프랑 이상 가져야 일류 부자로 칠 수 있다면 그는 이류 부자는 되는 셈이지요."

당글라르는 침을 꿀꺽 삼켰다. 그리고 아무렇지도 않다는 듯 말했다.

"이탈리아 귀족들은 신분이 비슷한 사람들끼리만 결혼을

한다지요?"

"일반적으로는 그렇지요. 하지만 카발칸티 집안은 남들이 뭐라 하건 개의치 않는 전통이 있습니다. 심지어 뭔가 남들과는 다르게 행동하려 하기도 하지요. 아들을 결혼시키려고 프랑스로 보낸 걸 보면 알 수 있잖습니까?"

그러자 당글라르는 침을 꿀꺽 삼키며 정말로 궁금한 것을 물었다.

"결혼시키려고 파리로 보냈다고요? 이탈리아 사람들은 자식을 결혼시키면서 재산을 나누어 주나요?"

"그때그때 다르겠지요. 하지만 안드레아가 결혼하려는 색시가 그 친구 아버지 마음에 들게 되면 상당한 재산을 줄 건 틀림없습니다. 만일 그 색시가 은행가의 딸이라면 십중팔구 그 은행과 거래를 틀 겁니다. 이거 제가 지레짐작인지 모르겠는데, 혹시 안드레아를 사위로 맞이하실 생각이 있으신 거 아닌가요? 그렇지 않고서야 어찌 그런 질문을……."

"솔직히 말씀드리자면 그렇습니다."

"알베르 군은 어쩌시고요? 돈이 그리 많지는 않아도 가문은 아주 훌륭해 보이는데요. 모르세르가라면 카발칸티가에 못

지않을 것 같은데요."

"백작님, 백작님을 믿고 말씀드립니다. 실은 그 사람 이름은 모르세르가 아니었습니다."

"설마!"

"저는 태어날 때부터 남작은 아니었지만 제 이름은 분명 당글라르였습니다. 하지만 저는 당당한 남작입니다. 세상이 저를 남작으로 만들어주고 인정해주었으니까요. 하지만 그 사람은 저 혼자 백작 행세를 하는 사람입니다. 그 사람이 백작이라고요? 자기 손으로 슬쩍 만든 백작도 백작인가요? 그 사람은 백작은커녕 아무것도 아닙니다."

"설마 그럴 리가!"

"그는 본래 페르낭이라는 어부였습니다. 페르낭 몬데고요."

"그래요? 그러고 보니 들어본 이름 같기도 하네요. 그래요, 제가 그리스에 갔을 때 그 이름을 들어봤습니다."

"알리 파샤 사건 때였지요?"

"맞습니다."

"정말 수수께끼 같은 사건입니다. 그 내막만 알면 쉽게 파혼할 수 있을 텐데……."

"별로 어렵지 않을 텐데요."

"아니, 어떻게?"

"남작께선 그리스에 거래처가 있지요?"

"물론이지요."

"그러면 자니나에도 있습니까?"

"어디나 다 있습니다."

"그렇다면 자니나에 있는 아는 분께 편지를 보내십시오. 알리 테베린, 즉 알리 파샤가 몰락했을 때 페르낭이라는 프랑스 사람이 한 일을 알려달라고 하면 될 것 아닌가요?"

"그렇군요!" 당글라르는 일어나서 환호성을 질렀다.

"오늘 당장 편지를 쓰겠습니다."

그러자 백작이 되물었다.

"좀 이상한 답이 오는 경우에는?"

"물론 백작께 알려드려야지요."

당글라르는 방을 뛰쳐나가더니 한걸음에 마차로 갔다.

이제 우리의 눈길을 당글라르 부인에게로 옮겨보자.

당글라르 부인은 베일과 밀짚모자로 얼굴을 가리고 도피

네 광장을 지나 재판소 안으로 들어갔다. 빌포르 씨의 응접실에는 방문객들이 북적이고 있었다. 부인의 모습을 본 수위가 검사님과 약속한 부인이냐고 묻더니 곧장 빌포르의 집무실로 안내했다.

빌포르는 부인에게 앉으라고 권한 후 말했다.

"사람이 한 짓은 언제고 흔적을 남기는 모양이오. 우리가 한 짓의 흔적이 모래 위 뱀이 지나간 자국처럼 저렇게 남아 있으니."

"저는 정말 불안해요. 어떻게 하면 좋을지 모르겠어요."

"나도 피고석에 서 있는 것 같은 기분이 드오."

"당신이? 당신이 두려워하는 흔적이란 건 정열 있는 젊은이였다는 표시 아닌가요? 남자들은 그걸 오히려 자랑스러워하지 않나요? 남자들이 가진 그 흔적은 세상이 다 용서해주지 않나요? 여자들만 용서를 받지 못할 뿐이지……."

"부인, 난 그 정도 위선자는 아니오. 정열에 의해 실수한 것을 지금은 후회하오. 암튼, 어제 부인 정말 고생 많았소. 두 번이나 쓰러질 뻔했으니. 그러나 이런 이야기를 하자고 부인을 부른 건 아니오. 이걸로 끝난 게 아니니 정신 바짝 차려야 하오."

"오, 끝난 게 아니라니요! 또 무슨 일이 있을 수 있단 말인가요?"

"우리의 미래는 아주 어두컴컴할지도 모르오. 어쩌면 피를 흘려야 할지도 모르고. 그리고 우리의 과거가 이렇게 드러난 것은 결코 우연이 아니오."

"우연이 아니라고요? 그렇다면, 그렇다면! 몽테크리스토 백작이 그 집을 산 게 우연이 아니란 말이에요? 그 불쌍한 어린 것의 시체가 거기서 나온 것도 우연이 아니란 말이에요?"

"절대로 우연이 아니오. 내가 지금부터 무서운 이야기를 해줄 테니 놀라지 마십시오. 부인, 사실은 나무 밑에서 어린애 시체 같은 건 나오지도 않았어요. 그러니 슬퍼서 울 필요는 없어요. 오히려 두려워해야 합니다."

"아니 그게 무슨 말씀이세요. 그 어린 것을 거기에 묻지 않았다는 말씀인가요? 그럼 왜 절 속이셨죠? 도대체 무슨 이유로? 어서 말씀해주세요."

"그날 생각나지요? 그 무서운 밤! 난 숨 가쁘게 해산을 기다리고 있었지요. 마침내 애가 태어나서 내가 받아보았지요. 아이가 울지도 않고 숨도 쉬지 않아 우리는 아이가 죽은 줄만 알았지요.

나는 그 어린 것을 금고에 넣어 뒤뜰로 나갔지요. 나는 구 덩이를 파고 그것을 얼른 묻고 흙을 덮었소. 그런데 막 흙을 다 덮으려는 순간 누군가가 내 눈앞에 불쑥 나타났소. 동시에 뭔가 번쩍하는 것 같더니 나는 그 자리에 쓰러졌소. 당시 나는 그대로 죽는 줄 알았소. 나는 겨우 정신이 들어 다 죽은 몸을 계단까지 끌고 갔지. 당신도 힘든 몸이면서 유모와 함께 거기 까지 마중 나와 있었던 것 기억나지요? 우리는 아무 이야기 도 할 수 없었고 나는 결투로 다쳤다고 둘러댈 수밖에 없었던 거요. 그 후 나는 남프랑스로 가서 6개월간 요양을 해야 했소. 나중에 파리로 돌아와서야 미망인이 된 당신이 당글라르 씨 와 결혼했다는 것을 알게 된 거요.

나를 공격한 사람은 코르시카 출신 남자였소. 그는 전에 무 슨 사건으로 내게 앙심을 품었던 자요. 파리까지 나를 뒤쫓아 온 사람이지. 그가 뒤뜰에 숨어 있다가 내가 구덩이에 애를 묻 는 걸 다 본 거요. 나는 파리로 돌아온 후 다시 아이를 묻은 곳 을 파보았소. 그 집에 아무도 살고 있지 않았기에 문제가 없었 소. 그러나 아무리 파보아도 아무것도 나오지 않았소. 그 금고가 없어진 거요. 그 사나이가 가져간 거요."

"오, 죽은 아이를 왜 가져갔을까요?"

"정말이요. 나는 곰곰이 그 생각을 해보았소. 만일 시체를 가지고 나갔다면? 그렇소. 그 사내는 나를 고발했을 거요. 사건을 조사하도록 했을 거요. 그런데 1년이나 아무 소식이 없다는 건……."

"그게 무슨 말씀이세요?"

"우리에겐 더 위험한 일이 일어난 겁니다. 그놈이 그 아이를 살려낸 겁니다."

당글라르 부인은 무서운 소리를 냈다.

"맙소사! 그 아이가 살아 있다고요? 그럼 당신이 땅에 묻었던 아이는! 오, 하느님! 살아 있는 애를 묻었던 거란 말이에요! 가엾은 우리 아이를!"

빌포르는 모성의 부르짖음이 사라지기를 조용히 기다렸다가 말했다.

"이제 우리는 망한 거요. 그 애는 살아 있소. 게다가 누군가가 우리의 비밀을 모두 알고 있소. 그는 바로 몽테크리스토 백작이오."

"하지만, 그 애는, 그 애는?"

부인은 집요하게 물었다. 그러자 빌포르가 대답했다.

"내가 얼마나 그 애를 찾았는지 아시오? 밤에는 잠도 못 자고 그 애를 불렀고 어쩌다 잠이 들면 그 애 꿈을 꿨다오. 그 코르시카 놈이 도대체 우리 애를 어떻게 했을까 오만가지 생각을 다해보았다오. 그때 퍼뜩 든 생각이 있었지요. 그리고 한걸음에 고아원으로 달려갔소. 그리고 아이 소식을 들을 수 있었소. 바로 그날 밤, 그러니까 9월 20일 밤에 누군가가 어린애 하나를 고아원 문간에 버렸다는 거요. 남작의 표장과 H자가 씌어 있는 반쪽짜리 고급 천에 싸여 있었다고 했소."

"맞아요. 내 옷감이에요. 내 이름이 에르민(Hermine)이잖아요. 내 옷감에는 모두 그런 표시가 있었어요, 오, 하느님! 그 아이는 죽지 않았군요. 그런데 그 아이는 어디 있지요?"

"나도 모르오. 내가 그곳을 찾아갔을 때 그 아이는 이미 고아원에 없었소. 여섯 달쯤 전에 어느 부인이 그 천의 나머지 반쪽을 가져와서 찾아갔다는 거요. 증빙서류도 다 갖추고 있어서 내줄 수밖에 없었다고 했소. 그 여자를 찾으려고 백방으로 애썼지만 찾을 수 없었소.

하지만 나는 지금부터 다시 온갖 힘을 다해 그 아이를 찾을 작정이오. 양심 때문만이 아니오. 두려워졌기 때문이오. 그리고 내가 또 한 가지 할 일이 있소. 몽테크리스토 백작이 도대체 어떤 인물인지 알아내야겠소."

마지막 말을 할 때, 만일 몽테크리스토 백작이 옆에 있었다면 공포에 질려 몸을 떨기라도 할 정도로 무시무시한 어조였다. 그는 마지막으로 부인에게 말했다.

"우리의 관계를 아무에게도 말하지 않았겠지요? 앞으로도 그 누구에게도 말하면 안 되오."

빌포르는 부인을 문 앞까지 바래다주었다. 부인이 마차에 오르자 마차는 출발했다.

누아르티에 씨의 비밀

　　　　　　이틀 후 오전 10시경, 포부르 생토노레가와 페피니에르가를 따라서 장례 행렬이 길게 줄을 지어가고 있었고 빌포르 씨 집 앞은 많은 사람들로 북적이고 있었다. 장례 마차들 중에는 긴 여행을 한 것 같은 이상한 마차가 한 대 있었다.

　모두 궁금해한 그 마차는 얼마 전에 세상을 떠난 생 메랑 후작의 유해를 싣고 온 마차였다. 생 메랑 후작과 후작 부인의 장례식이 동시에 열린 것이다. 두 구의 유해는 모두 빌포르가 오래 전에 페르 라셰즈 묘지 안에 마련해둔 가족 묘소에 안치하기로 되어 있었다. 사람들은 생 메랑 후작이 죽은 지 얼마

되지 않아 후작 부인도 곧 세상을 떠난 것에 대해 이런저런 말들이 많았다. 후작 부인은 발랑틴의 결혼을 위해 시골의 생메랑가를 떠나 빌포르의 집에 머물고 있었던 것이다.

장의용 마차를 타고 뒤따르던 보샹, 알베르, 샤토 르노는 거의 돌발적이라고 할 만한 이번 불행에 대해 이런저런 이야기를 나누고 있었다.

샤토 르노가 말했다.

"난 작년에 마르세유에서 생 메랑 후작 부인을 만난 적이 있었다네. 정말 건강하고 원기가 넘쳤는데……. 마치 100년은 더 살 것 같았다네. 그런데 이렇게 갑자기 변을 당하다니……. 연세가 얼마나 되셨지?"

알베르가 대답했다.

"예순여섯이셨지. 프란츠 얘기로는 건강 때문에 돌아가신 건 아니라고 하더군. 남편이 세상을 떠나자 그 충격으로 그렇게 되었다는 거야. 뇌출혈 같다고 하더군. 아니면 돌발성 졸도? 암튼 똑같은 거 아닌가?"

그러자 보샹이 나섰다.

"졸도? 그럴 리 없어. 체구도 작고 야윈 분이 그런 혈관 계통 병을 앓을 리 없어."

그러자 알베르가 말했다.

"후작 부인이 어떻게 죽었건 막대한 유산이 굴러 떨어지게 된 셈이야. 그게 빌포르에게 갈지, 발랑틴 몫이 될지 알 수는 없지만, 발랑틴 몫이 된다면 우리 친구 프란츠에게 가는 거나 마찬가지인 셈이지."

장례식이 성대하게 끝나고 모두 집으로 돌아왔다. 프란츠도 빌포르의 집으로 함께 왔다. 집에 도착하자 빌포르는 곧장 프란츠를 서재로 데려갔다. 그는 그에게 앉으라고 권한 후 말했다.

"지금 이런 이야기를 꺼내는 게 적절하지 않다고 생각할지 모르지만, 고인의 뜻도 있어서 이야기해줄까 하네. 생 메랑 후작 부인께서 임종 시 발랑틴의 결혼을 더 이상 미루지 말라 말씀하셨네. 후작 부인은 자신의 전 재산을 발랑틴에게 주라고 유언을 남겼네."

"하지만 발랑틴이 저토록 슬픔에 잠겨 있는데 지금 결혼 이야기를 꺼낸다는 건……."

"오직 할머니의 뜻을 따르는 거니까 아무 문제없어. 발랑틴도 반대하지 않을 거네. 원래 사흘 전에 약혼하려던 거 아닌가? 그러니 준비가 다 되어 있을 거야. 두 분이 갑자기 돌아가시는 바람에 연기된 거니까, 아예 오늘 해버리지."

그러자 프란츠가 머뭇거리며 말했다.

"하지만 아무래도 상중에는……."

"그건 염려 말게. 우리도 그런 예의는 지킨다네. 약혼 후 발랑틴을 시골에 있는 생 메랑가로 보낼 예정이라네. 그곳은 이제 그 애 땅이라네. 거기서 1주일 후에 조용히 법적인 혼례식만 올리자는 거라네. 고인은 발랑틴이 거기서 혼례식을 치르길 원하셨다네. 그런 후 자네는 파리로 돌아오고, 발랑틴은 상복을 벗을 때까지 그곳에 묻혀 있는 제 어미 곁에 있으면 되는 거지."

프란츠가 동의한 후 말했다.

"한 가지 부탁이 있습니다. 혼인 서약할 때 알베르 드 모르세르와 라울 드 샤토 르노가 입회했으면 합니다. 절친한 친구들을 증인으로 내세우고 싶습니다."

빌포르는 흔쾌히 수락하고 공증인을 불러오라고 하인을 보냈고 프란츠는 30분 후에 친구들과 함께 돌아오겠다며 밖으로 나갔다. 빌포르는 발랑틴에게 사람을 보내 30분 후에는 공증인과 데피네 씨 증인들이 오기로 되어 있으니 그때 객실로 내려오라고 일렀다.

아무도 생각하지 않았던 일을 빌포르가 전격적으로 처리하자 온 집안이 발칵 뒤집혔다. 특히 발랑틴은 벼락에라도 맞은 듯 정신이 하나도 없었다. 자기를 그토록 사랑해주시던 외할아버지와 외할머니가 잇따라 세상을 떠나서 너무나 큰 슬픔에 잠겨 있는데 결혼이라니! 그것도 사랑하는 사람을 놔두고 다른 남자와 결혼해야 하다니!

하지만 도리가 없었다. 객실로 가면서 발랑틴은 의지할 사람이 없는지 주위를 둘러보았다. 그녀는 우선 할아버지에게 가려고 했다. 그러나 층계에서 그녀는 아버지와 마주치고 말았다. 할아버지에게 하소연하기도 전에 아버지에게 붙잡힌 것이었다. 빌포르는 딸의 팔을 움켜쥐고 응접실로 데려갔다. 꼼짝없이 아버지에게 끌려가던 발랑틴은 도중에 다행히 할아버지의 늙은 하인 바루아와 마주칠 수 있었다. 발랑틴은 그 충직한 하인에게 절망적인 눈초리를 보냈다. 어서 할아버지에게 알려달라는 뜻이 그 눈길에는 담겨 있었다.

　빌포르와 발랑틴이 객실로 들어서니 거의 동시에 빌포르 부인과 에두아르가 들어왔다. 부인의 얼굴빛은 매우 창백했고 몹시 피곤해 보였다. 부인은 자리에 앉자 아들을 무릎 위에 앉히고 끌어안았다. 마치 아들이 그녀의 전부라는 것을 과시하는 것 같았다.

　이윽고 마당에 마차 두 대가 들어섰고, 곧이어 공증인과 입회인들이 들어섰다. 순식간에 응접실에 모든 사람들이 다 모인 것이었다. 하루 사이에 장례식과 약혼식을 참관하게 된 샤토 르노와 알베르는 어안이 벙벙한 얼굴로 서로를 쳐다보고만 있었다.

　이윽고 공증인이 서류를 테이블에 놓더니 안락의자에 앉았다. 그리고 공식절차를 진행하기 위해 입을 열었다. 그런데 바로 그 순간이었다. 객실 문이 열리더니 바루아의 모습이 나타났다.

　그는 사람들 앞에 서서 말했다. 감히 주인을 향한 하인의 태도라고는 볼 수 없을 만큼 당당했다.

　"여러분, 누아르티에 드 빌포르 씨께서 지금 당장 데피네 남작 프란츠 케넬 씨에게 하실 말씀이 있으시답니다."

빌포르는 뭔가 심상치 않은 예감에 몸을 부르르 떨었다. 빌
포르 부인도 아들을 무릎 위에서 내려놓았고 발랑틴도 놀란
듯 자리에서 일어났다.

빌포르가 결심한 듯 말했다.

"아버님께 그렇겐 할 수 없다고 말씀드려."

"만일 그렇게 된다면 영감님께서 직접 이 방으로 내려오시
겠다고 하셨습니다." 바루아의 말이었다.

발랑틴은 자신도 모르게 하늘에 감사한다는 태도로 천장을
우러러보았다.

빌포르도 더 이상 도리가 없었다. 그는 프란츠, 발랑틴과 함
께 노인의 방으로 갔다.

검은 옷을 입은 채 안락의자에 앉아 그들을 기다리고 있던
누아르티에 씨는 그들 세 명이 들어오자 눈길을 문 쪽으로 돌
렸다.

빌포르가 노인 곁으로 가서 프란츠를 소개했다. 노인은 빌
포르를 한 번 흘끗 쳐다본 후 발랑틴에게 가까이 오라고 눈짓

을 했다. 소녀가 자신과 의사소통을 가장 잘할 수 있었기 때문이었다.

소녀는 노인과 평소의 방법대로 소통을 했다. 소녀는 노인이 '열쇠'라는 단어를 가리키고 있음을 즉시 알 수 있었다. 그런 후 노인은 눈으로 자그마한 문갑 서랍을 가리켰다. 소녀가 서랍을 열어보니 그 안에 열쇠가 있었다. 소녀는 노인과 대화한 후 가운데 책상 서랍을 열고 서류뭉치를 꺼냈다. 그것을 노인에게 보여주자 노인은 그게 아니라는 신호를 했다. 발랑틴은 할아버지가 바루아를 부르라고 하는 것을 알아듣고 그를 불렀다. 곧 바루아가 왔다. 발랑틴과 누아르티에 노인은 철자법과 사전을 이용해 비밀(secret)이라는 단어를 찾아냈다.

그 단어를 본 바루아는 서랍의 비밀장치를 풀고 이중으로 된 서랍 밑을 열었다. 그러자 그 안에서 검은 리본으로 묶인 서류가 나왔다. 서류를 꺼낸 바루아가 노인에게 물었다.

"이 서류를 누구에게 드릴까요? 빌포르 씨에게 드릴까요?"

"아니야."

"그럼, 아가씨께 드릴까요?"

"아니."

"그렇다면……. 프란츠 데피네 씨에게 갖다드리란 말씀이
신가요?"

"그래."

프란츠는 깜짝 놀라 한 걸음 앞으로 나섰다. 그리고 바루아
에게서 서류를 받아들고 표지를 읽었다.

내가 죽은 후 내 친구 뒤랑 장군에게 보관을 맡기도록

할 것. 장군이 사망하면 그 아들에게 넘겨 극비 문서로

보관할 것을 명령함.

프란츠가 물었다.

"이 서류를 왜 저한테 주시지요?"

그러자 발랑틴이 말했다.

"할아버지, 데피네 씨에게 이걸 읽으시라는 건가요?"

"그렇다." 노인의 대답이었다.

모두 자리에 앉자 프란츠가 봉투를 뜯어 서류를 읽기 시작
했다.

1815년 2월 5일, 생자크가의 보나파르트파 클럽에서 열린「집회 조서」발췌 글

거기까지 읽은 프란츠가 갑자기 소리를 질렀다.

"1815년 2월 15일! 바로 저의 아버지께서 암살당한 날 아닌 가요?"

아무도 입을 열지 못하고 있자, 노인이 계속 읽으라고 눈으로 지시했다. 프란츠는 계속 서류를 읽어나갔다.

포병중령 루이 자크 보르페르, 육군 소장 에티엔 뒤샹피 및 산림국장 클로드 르샤르팔은 아래 사항을 함께 증언 한다.

1815년 2월 4일 보나파르트파 클럽 회원들에게 드 케넬 장군을 추천하는 서신이 엘바섬에서 전달되었다. 장군은 루이 18세로부터 남작 칭호를 받았음에도 불구하고 나폴레옹 왕조에게 그의 영지를 모두 바친 충성스런 인물이니, 이튿날인 5일 회의에 장군을 참석시키라는 요지만 적혀 있었다.

누아르티에 씨의 비밀

5일 집회는 9시부터 자정까지 열렸다. 클럽 회장은 장군 집으로 가서 집회 장소로 갈 때까지 장군의 눈을 가리기로 합의했다. 장군은 강제로 회의에 참석한 것이 아니라 자발적으로 참석했음을 확언했다. 장군은 회장이 클럽 멤버라는 것 외에는 전혀 그 신분을 알지 못하고 있었다.

두 사람은 회의실로 들어가 자리를 잡았다. 장군이 새로 모임에 참석한다는 전갈이 있었기에 전 회원이 회의에 참가했다. 회의실에 와서야 장군의 눈가리개를 풀어주었다. 모두들 장군에게 그의 사상에 관해 질문했으나 장군은 엘바섬에서 온 편지 그대로라고 답했을 뿐이었다.

그 대목에서 프란츠가 읽기를 멈추었다.

"저의 아버지는 왕당파였습니다. 사상 같은 건 물을 필요도 없이 다 알던 사실인데요."

그러자 빌포르가 말했다.

"맞습니다. 그래서 그때부터 부친과 나 사이에 교류가 시작된 건데……."

노인이 눈으로 명령했다.

"계속하시오."

프란츠는 다시 읽기를 계속했다.

회장은 장군에게 보다 명확하게 답변할 것을 요구했다. 그러자 장군은 어떤 대답을 원하느냐고 물었다. 회장은 장군이 충분히 협조할 인물임을 명시한 엘바섬에서 온 편지를 읽어주었다. 그 편지에는 나폴레옹이 귀환하리라는 것이 명시되어 있었으며, 파라웅호 편에 상세한 내용이 전달될 것이라는 내용도 적혀 있었다. 그리고 그 배의 선장 모렐 씨는 황제에게 전적으로 충성을 다할 인물이라는 내용도 적혀 있었다.

회장이 편지를 읽는 동안 장군의 얼굴에는 혐오의 기색이 역력히 드러나 있었다. 편지를 다 읽고 나자 회장이 어떻게 생각하느냐고 장군에게 물어보았다. 장군은 루이 18세에게 서약한 지가 얼마 안 되어서 이전 황제를 위해 그 서약을 깨뜨리기가 곤란하다고 답변했다. 회장이 재차 장군을 설득했으나 장군은 자신을 남작과 장군으로 임명해준 루이 18세를 잊을 수 없다고 답변했다.

회장은 장군에게 엘바섬에서 장군을 잘못 알고 장군을 천거했다고 말하며, 본인의 양심과 의사에 맞지 않게 동지가 되어달라고 강요하지 않겠다고 말했다. 대신 장군이 신사적으로 행동해줄 것을 요구했다.

이에 대해 장군이 이런 음모를 알고 입 밖에 내지 않는 것이 신사라면 그런 신사는 되지 않겠다, 그건 신사가 아니라 공범자다, 라고 명백하게 답변했다.

프란츠가 여기까지 읽고 말했다.

"아, 아버지! 아버지가 왜 암살당하셨는지 이제야 이유를 알겠습니다."

노인이 눈으로 계속 읽으라고 재촉했다.

프란츠는 다시 글을 읽기 시작했다.

회장이 장군에게, 장군은 스스로 이 집회에 참가한 것이며 눈을 가려달라는 청을 했을 때도 기꺼이 받아들였음을 상기시켰다. 그리고 이 모임이 결코 루이 18세를 섬

기기 위한 모임이 아니었음을 알았을 것이라고 말했다. 그리고 다시 한 번 루이 18세를 섬기는지, 아니면 황제 폐하 편인지를 분명히 밝히라고 말했다. 장군은 다시 한 번 자신이 왕당파임을 밝혔다.

회장이 다시 한 번 이곳에 관한 일체의 사실을 입 밖에 내지 않을 것을 서약하라고 하자 장군이 약속 못 하겠다고 대답했다. 그러자 회장이 '그렇다면 당신은 죽어주셔야겠습니다'라고 장군에게 말했다.

새파랗게 질린 장군은 잠시 생각에 잠겼다가 말했다. 결국 '이렇게 나를 죽이려는 사람들 앞에서 나는 내 아들을 생각하지 않을 수 없소'라고 말하며 「서약서」에 서명했다.

「서약서」의 내용은 다음과 같다.

'나는 1815년 2월 5일 오후 9시부터 10시 사이에 보고 들은 일들을 절대로 누설하지 않을 것을 내 명예를 걸고 서약함. 만약 이 서약을 저버리는 경우 죽음으로 보상할 것을 함께 서약함.'

장군이 서명하자 회장은 장군의 눈을 가린 후 회원 두

명과 함께 마차에 올랐다. 회장이 어디로 모셔다주면 좋겠냐고 장군에게 말하자 장군이 어디든지 당신 얼굴이 안 보이는 곳이면 되겠다고 대답했다. 회장이 그런 개인적 모욕의 말은 하지 말라 말하자, 장군이 말했다.

'회의장에서 그렇게 용감하시더니 마차 안에서도 용감하시군요. 하긴 자기 편이 두 명이나 더 있으니.' 회장을 심하게 모욕한 것이다.

회장은 마차를 세우고, 정중한 사과의 말을 듣기 전에는 더 이상 갈 수 없다고 말했다. 그러자 장군이 '어허, 이런 방법으로 나를 암살하려는 거로군!'이라고 말했다. 회장은 장군에게 눈가리개를 풀라 말한 후 '오로지 나 한 사람이 상대할 것이오. 여기 회원들 중 한 명이 입회인이 될 것이오'라고 말했다.

네 사람은 마차에서 내려 계단을 내려갔다. 검은 강물 위로는 차가운 얼음덩어리들이 떠내려가고 있었다. 이윽고 각자 자신의 무기를 들고 결투가 벌어졌다. 회장은 단장 속에 넣은 짧은 칼로 결투에 임했으며 장군의 칼은 그보다 길었다.

결투 결과 장군은 허리에 칼을 맞고 쓰러졌고 회장도 팔에 두 군데, 옆구리에 세 군데 상처를 입었다. 결투 시작 5분 만에 장군은 숨을 거두었다. 회장은 칼을 단장에 다시 꽂은 후 계단을 올라왔으며 그의 뒤에서 풍덩하는 소리가 들렸다.

이렇듯 우리는 장군이 당당한 결투 끝에 목숨을 잃었을 뿐 항간의 소문대로 암살당한 것이 아님을 확실하게 밝힌다.

우리 세 사람은 이 사건의 진상을 규명하기 위해 여기 사실을 기술하고 서명한다. 사건에 관계되는 자가 살인을 저질렀거나 명예를 더럽혔다는 누명을 쓰지 않게 하기 위해서다.

서명자 보르페르, 뒤샹피, 르샤르팔

사람들 가슴을 아프게 만드는 서류였다. 발랑틴은 얼굴빛이 새파래져서 눈물만 흘리고 있었고 빌포르는 노인에게 제발 그만하라는 애원의 눈길을 보내고 있었다.

프란츠가 앞으로 나서며 노인에게 말했다.

"자, 이제 내막을 이렇게 밝혀주셨으니 제발 그 클럽 회장의 이름을 꼭 알려주십시오. 제 아버지의 목숨을 빼앗은 자의 이름을 꼭 알고 싶습니다."

빌포르는 정신 나간 사람처럼 문의 손잡이를 찾았다. 발랑틴도 한 걸음 뒤로 물러섰다. 지금까지 할아버지 팔에 나 있는 상처를 수도 없이 보아왔기에 그녀는 할아버지의 답을 미리 알 수 있었다.

노인이 좋다는 표시를 했다. 그러자 프란츠가 발랑틴에게 말했다.

"오, 아가씨, 할아버지께서 말씀해주시겠다고 하셨어요. 자, 좀 도와주세요. 당신은 할아버지 뜻을 알아들을 수 있잖아요."

발랑틴의 도움을 받아 노인이 사전에서 가리킨 단어는 '나(Moi)'라는 단어였다.

"당신이!"라고 프란츠가 소리쳤다. 노인이 그렇다고 하자 그는 그대로 의자 위로 무너졌고 빌포르는 문을 열고 나가버렸다. 그 자리에 그대로 있다가는 저 무서운 노인에게 겨우 남아 있는 생명의 불씨를 자기 손으로 꺼버릴 것만 같았기 때문이다. 프란츠도 휘청거리면 노인의 방을 나섰다.

두 시간 후 서재에 있던 빌포르에게 프란츠가 쓴 편지가 전달되었다. 파혼 통보와 함께 이 사실을 알고 있으면서도 결혼을 추진한 빌포르를 향한 비난의 편지였다.

그 사건으로 기뻐한 것은 물론 발랑틴이었다. 그녀는 할아버지에게 잠깐 나갔다 와도 되느냐고 허락을 받은 후 노인의 방에서 나왔다. 그리고 후원으로 달려갔다. 그녀가 막시밀리앙과 남 몰래 만나는 장소였다.

막시밀리앙은 그곳에 있었다. 그는 프란츠가 빌포르 씨와 함께 가는 것을 보았다. 그는 무슨 일이 벌어지는구나 생각하고 뒤를 따라갔었다. 게다가 친구들까지 데리고 빌포르의 집으로 들어가는 것을 보고는 불안한 마음에 평소에 발랑틴을 만나던 후원 밖에서 서성이고 있었던 것이다. 그곳에서 기다리다보면 발랑틴을 만날 수도 있으리라는 막연한 기대를 그는 하고 있었다.

결국 그의 기대대로 되었다. 판자 울타리에 눈을 대고 안을 들여다보니 발랑틴이 모습을 드러낸 것이다. 그녀는 평소처럼 조심하지도 않고 곧바로 철문으로 달려왔다. 그리고 막시밀리앙을 보자마자 외쳤다.

"우린 살았어요. 할아버지 덕분이에요."

"어떻게 된 거지?"

"다음에 다 말씀드릴게요. 제가 당신의 아내가 된 다음에요."

그들은 다음 날 밤 다시 만나기로 하고 헤어졌다.

누아르티에 노인은 공증인을 불러 「유언장」을 새로 만들었다. 새 「유언장」에는 노인의 전 재산을 발랑틴에게 물려주라고 명시되어 있었다. 하지만 단 한 가지 조건이 있었다. 그것은 손녀를 노인에게게 떼어내지 않는다는 조건이었다. 특이한 것은 빌포르 부인이 노인에게 와서 모든 유산을 발랑틴에게 주시는 게 옳다고 주장했다는 사실이다. 결국 발랑틴은 생 메랑 후작 부처의 유산과 함께 누아르티에 노인의 유산까지 상속받게 되었다.

자니나에서는 무슨 일이 있었나

　　　　　　여기는 샹젤리제의 백작의 집, 알베르와 백작이 마주 앉아 있었다. 둘은 당글라르의 집을 방문했다가 함께 백작의 집으로 돌아온 것이었다.

　백작은 바티스탱에게 차를 주문했다. 그러자 마치 동화 속 요정이 대령하는 것처럼 완벽하게 준비된 차 쟁반을 들고 들어왔다. 알베르는 도대체 어떻게 말 한 마디 떨어지기 무섭게 이렇게 완벽하게 준비된 것들이 나오는지 신기하기만 했다. 눈치를 챈 백작이 말했다.

　"뭐, 간단합니다. 제 하인들이 제 습관을 잘 알고 있으니까요. 자, 차들 드시면서 뭐 하고 싶은 게 있으신가요?"

"실은 담배가 좀 피우고 싶습니다만."

그런데 알베르가 더 놀랄 만한 일이 벌어졌다. 그의 입에서 그 말이 떨어지기 무섭게 이상하게 생긴 문이 열리더니 알리가 터키산 특 상품 담배가 가득 담긴 담뱃대 두 개를 가지고 나타난 것이다. 알베르가 놀란 눈을 하자 몽테크리스토 백작이 말했다.

"실은 아주 간단한 일입니다. 알리는 내가 차를 마실 때는 늘 담배를 피운다는 걸 알고 있지요. 손님이 한 분 왔으니 접대용으로 하나 더 준비해서 대기시켜놓은 거고요."

"말이야 쉽지만 당신 아니면 아무도 흉내 내지 못할 겁니다. 그런데 이게 무슨 소리인가요?"

알베르는 무언가 기타 소리 비슷한 게 들리는 것 같아서 문쪽으로 귀를 기울였다.

"아, 하이데가 구즐라를 연주하는 모양이네요."

"하이데라, 정말 멋진 이름이네요. 바이런의 시에나 나오는 이름인 줄 알았는데."

"그리스에서는 아주 흔한 이름입니다. 순결, 정숙, 뭐 이런 뜻입니다."

"그것 참 멋지네요. 난 우리 프랑스 여자들에게도 그런 이름을 붙였으면 좋겠어요. 여자들을 정숙 양, 친절 양, 침묵 양, 사랑 양, 자비 양 이렇게 부를 수 있다면 얼마나 멋있겠습니까?"

그러자 백작이 말했다.

"쉿, 농담 소리가 너무 큽니다. 하이데가 들어요."

그러자 알베르가 자기 머리를 툭툭 치며 말했다.

"그렇군요. 자기 이름을 갖고 농담하는 걸 들으면 화를 내겠네요."

"절대 그럴 리는 없습니다"라고 백작이 특유의 오만한 어조로 말했다.

"아주 상냥한 여자인가보군요."

"그런 것 때문이 아니지요. 저 여자의 의무일 뿐입니다. 노예가 주인에게 화를 낼 수 있나요?"

"노예라니요? 아니, 지금 세상에 노예가 어디 있습니까?"

"어쨌든 사실입니다. 하이데는 분명 내 노예니까."

"하긴 백작님의 노예가 되는 것만으로도 당당한 지위를 보장받는 셈이지요. 당신 씀씀이로 볼 때 1년에 몇만 프랑은 받을 것 아닙니까?"

"몇만 프랑이라고요? 저 여자 재산에 비하면 그건 아무것도 아닙니다. 『아라비안나이트』에 나오는 재산도 무색할 정도일 걸요. 저 여자는 굉장한 재산가 가문에서 태어났으니까요."

알베르는 들을수록 기가 막혔고 궁금증이 일었다.

"하시는 말씀을 들으니 무슨 왕국의 공주라도 되는 것처럼 들리네요."

"잘 맞혔습니다. 그렇다고 볼 수도 있습니다."

"그런 여자가 어쩌다가 백작님 노예가 되었나요?"

"그냥 운명 탓이라고 해두지요. 사실 비밀이지만 자작에게는 특별히 말해주겠소. 당신은 내 친구이고 입이 무거운 사람이니. 당신, 자니나의 총독 이야기 알고 있지요? 그 나라 말로는 파샤라고 하지요."

"알리 테베린 말씀이십니까? 알고 있다마다요. 저의 아버지가 전에 그 사람을 섬겼던 적이 있거든요. 그 사람에게서 재산도 얻었고요. 그런데 하이데가 그 알리 파샤와 어떻게 된다는 겁니까?"

"그 사람 딸이오."

"네? 알리 파샤의 딸이라고요?"

"그렇소. 알리 파샤와 그의 부인 바실리키 사이에서 태어난 딸이지요."

"아니, 알리 파샤의 딸이 당신 노예라니! 어떻게 그런 일이!"

"그렇게 됐소. 언젠가 콘스탄티노플 시장을 지나가다가 내가 사게 된 거요."

"그래요? 백작님 이야기는 들으면 들을수록 알 수가 없어요. 꼭 꿈을 꾸는 것 같습니다. 그런데, 백작님, 저 하이데라는 분, 가끔 오페라에도 함께 오시곤 하셨지요? 그러니까 꽁꽁 숨겨 놓으신 분은 아니지요? 그렇다면 제게 소개해주실 수도 있지 않으세요?"

"좋습니다. 하지만 두 가지 조건이 있습니다."

"기꺼이 받아들이겠습니다. 그 조건이 뭐지요?"

"첫째, 이 여자와 인사를 나누었다는 말을 아무에게도 하지 말기 바랍니다."

"좋습니다. 기꺼이 약속드리지요. 두 번째는 뭔가요?"

"당신 아버님께서 그녀 아버지를 전에 모셨었다는 이야기를 그녀에게 절대로 하지 말라는 것입니다."

"별로 어렵지 않은 조건이군요. 약속하겠습니다."

몽테크리스토 백작이 벨을 울리자 알리가 나타났다.

"하이데에게 가서 내가 차 한잔 마시러 간다고 전해. 내가 친구 한 분 소개해줄 거라고도 전하고."

백작이 알베르와 함께 하이데의 방으로 가자 그녀는 눈이 휘둥그레졌다. 백작이 다른 남자를 이 방에 데리고 들어온 것은 처음이었기 때문이다. 그녀는 한 쪽 구석에 놓인 소파에 다리를 포갠 채 앉아 있었다. 화려한 비단옷으로 몸을 감싸고 있었으며 곁에는 악기가 놓여 있었다. 정말 눈부시게 아름다웠다. 프랑스 여자들에게서는 도저히 발견할 수 없는 아름다움에 알베르는 압도되었다.

백작이 그리스어로 여자에게 말했다.

"내 친한 친구야. 이분은 그리스어를 모르니 이탈리아어로 대화하면 될 거야."

그러자 소녀는 아주 유창한 이탈리아어로 말했다.

"진심으로 반갑습니다."

백작은 알리에게 커피와 담배를 가져오라 했다. 그리고 알베르와 함께 둥근 테이블 가에 가서 앉았다.

막상 앉고 보니 알베르는 무슨 이야기를 할 것인지 막막했다. 그가 그런 눈길을 백작에게 보내자 백작이 눈치를 채고 말했다.

"너무 어려워할 것 없습니다. 편하게 이야기를 나누세요. 하이데의 고향이나 어린 시절 이야기를 물어도 되고요. 추억 같은 이야기를 해도 좋겠지요."

알베르가 하이데 쪽으로 돌아앉으며 "몇 살 때 고향을 떠나셨습니까?"라고 물었다.

"다섯 살 때요."

"그러면 고향 생각이 좀 막연하지 않나요?"

"아니에요. 눈만 감으면 어렸을 때 본 것들이 눈에 선하게 떠올라요. 제 마음의 눈에 간직되어 있거든요. 세 살 때 일부터는 기억이 나는 것 같아요."

그러자 알베르가 백작에게 말했다.

"백작님, 이 아가씨의 신상에 관한 이야기를 정말 듣고 싶습니다. 백작께선 아까 제 아버님 이야기를 하지 말라 하셨는데요. 저 아가씨 입에서 저절로 나올 것 같아서요. 저렇게 아름다운 여자 입에서 아버지 이름이 나오는 걸 좀 들었으면 좋겠어요."

백작은 하이데를 향해 눈썹을 한 번 찡긋해 보였다. 이제부터 단단히 조심하라는 신호였다. 그는 또한 그리스어로 "네 아버지 운명에 대해서는 무엇이든 다 이야기해라. 하지만 배신자의 이름이나 배신자의 신상에 관한 이야기는 절대로 입 밖에 내선 안 된다"고 엄하게 일렀다.

"뭐라고 하신 거지요?"라고 알베르가 은근히 묻자 백작이 대답했다.

"당신은 내 친구니까 아무것도 감추지 말고 이야기해주라고 말했습니다."

하이데는 떠오르는 어릴 적 기억을 몇 가지 알베르에게 말해주었다. 그리고 이렇게 덧붙였다.

"저는 어린아이 눈으로 제 조국을 보았을 뿐이에요. 그래서 아름다운 나라로 보였을 때를 기억하면 지금도 찬란하게 빛나는 모습으로 제게 떠올라요. 하지만 너무 심한 고통을 겪었을 때를 생각하면 어두운 안개에 싸여 있는 나라처럼 흐려져 보여요."

그러자 알베르가 말했다.

"오, 그렇게 어릴 적에 그 어떤 험한 일을 겪었기에⋯⋯."

하이데는 백작을 돌아보았다. 백작이 고개를 끄덕였다.

하이데가 입을 열었다. 그리고 그녀의 긴 이야기가 시작되었다.

"슬픈 기억이에요. 제가 네 살 때였지요. 그때 우리는 자니나 궁전에 살고 있었어요. 제가 자고 있던 어느 날, 어머니가 가만히 저를 깨우셨어요. 어머니 눈에 눈물이 가득 고여 있었지요. 어머니는 아무 말 없이 저를 데리고 나가셨어요. 넓은 층계를 내려가던 게 기억나요. 시녀들이 모두 함께 보석이랑 금고, 자루 등을 챙기고 뛰어가고 있었지요. 그 뒤로는 20여 명의 호위병들이 뒤따르고 있었어요.

복도 안에서 누군가가 '빨리빨리'라고 외쳤어요. 돌아보니 아버지였어요. 유럽에서는 자니나의 파샤, 알리 테베린이라는 이름으로 알려져 있는 분이지요. 터키에 대항해 그리스 독립 운동을 하셨지요. 터키도 그분 앞에서는 벌벌 떨었어요.

우리는 모두 배를 타고 별궁으로 갔어요. 제가 어머니께 어디 가냐고 물었어요. 그러자 어머니는 '우리는 지금 도망가는 거란다'라고 말씀하셨지요. 나중에 알게 된 거지만 자니나 성

수비대가 터키 황제의 군대와 결탁한 거랍니다. 아버지를 잡아오라고 터키 황제가 보낸 군대 사령관은 쿠르시드였는데 너무 오랜 주둔 끝에 지친 수비대가 쿠르시드와 결탁하고 반란을 일으켰기에 도망가게 된 거예요. 아버지는 당신이 신임하고 계시던 프랑스 장교를 황제에게 사자로 보냈어요. 그 사자가 돌아오기 전까지 그 은신처로 피신하기로 결심하신 거랍니다."

그러자 알베르가 눈을 빛내며 물었다.

"혹시 그 장교의 이름을 기억하시나요?"

순간 백작이 하이데에게 날카로운 눈길을 보냈다. 그러나 알베르는 그것을 눈치채지 못했다.

"아뇨, 기억나지 않아요. 언젠가는 생각이 나겠지요. 그때 말씀드릴게요."

알베르는 자기 아버지 이름을 말해주려고 했다. 순간 백작이 손가락을 입술에 갖다 댔다. 알베르는 아까 했던 맹세를 떠올리고 입을 다물었다.

하이데가 이야기를 계속했다.

"우리는 별궁 지하실로 들어갔어요. 돈이 가득 들어 있는 주머니들과 화약이 들어 있는 통들이 많이 있었어요. 그 통들 옆에는 아버지가 신임하시는 병사 셀림이 서 있었고요. 아버지가 한마디 신호만 하면 그 안의 모든 것들을 모조리 폭발시키라는 명령을 받고 있었던 거예요. 지금도 사람들이 밤낮으로 울면서 기도하던 모습이 떠올라요.

얼마나 그곳에 있었는지는 모르겠어요. 날짜를 헤아리기에는 제가 너무 어렸으니까요. 가끔 아버지께서 어머니와 저를 테라스로 불러내곤 했어요. 아버지는 터키 황제에게 보낸 프랑스인 사자를 기다리고 계셨던 거예요. 아버지가 어머니에게 해주시던 말이 지금도 기억나요. 아버지는 이렇게 말씀하셨지요.

'바실리키, 조금만 더 참으면 되오. 오늘이면 모든 게 결정될 것이오. 오늘 터키 황제 칙서가 어떻게 오느냐에 따라 우리 운명이 결정되는 거요. 황제가 우리를 받아들이면 자니나로 돌아갈 것이고 그렇지 못하면 오늘 밤 안으로 도망가야 하오.'

그때 아버지가 먼 곳을 바라보시다가 망원경을 달라고 하셨어요. '배가 하나, 둘, 셋……'이라고 중얼거리시더군요. 그러더니 저와 어머니를 지하실로 가 있으라고 하셨어요. 아버지가 제 이마에 키스해주셨지요. 오, 그게 마지막 키스였어요.

　지하실로 가면서 돌아보니 배들이 점점 모습을 드러냈어
요. 아버지 주위에 앉아 있던 호위병들이 벽 뒤에 몸을 감추고
배가 들어오는 모습을 바라보고 있었지요. 그들의 눈이 모두
벌겋게 충혈 되어 있던 게 또렷이 기억나요. 그 모습을 뒤로
하고 우리는 지하실로 들어갔어요."

　사실 알베르는 자니나 총독의 최후에 대한 이야기를 여러
번 들은 적이 있었다. 또 그의 죽음에 관한 글들도 읽었다. 하
지만 아버지는 그에 대해 단 한마디도 해주지 않았다. 그런데
이렇게 생생하게 그 이야기를 듣게 되다니!

　백작은 연민에 가득 찬 눈길로 하이데를 바라보더니 그리
스어로 "계속해"라고 말했다. 하이데가 이야기를 계속했다.

　"지하실은 캄캄했어요. 기독교도인 어머니는 기도를 했어
요. 어머니 얼굴에는 희망의 빛이 보였어요. 지하실로 내려오
면서 얼핏 사신으로 콘스탄티노플로 보낸 프랑스 장교의 모
습을 본 것 같았기 때문이에요. 아버지께서 굉장히 신뢰하던
사람이었으니까요.

　어머니가 목소리를 낮추어 셀림에게 물었어요.

'셀림, 주인 어르신께서 어떤 분부를 내리셨는지 말해줄 수 있어?'

'만일 단도를 제게 보여주시면 황제의 허락을 받지 못한 것이니 화약에 불을 붙이라고 하셨습니다. 반대로 반지를 보여주시면 터키 황제가 용서해주었다는 뜻이니 그들을 들여보내라고 하셨습니다.'

그때 갑자기 환성이 들렸어요. 그리고 콘스탄티노플로 갔던 프랑스 사자의 이름이 크게 울려 퍼졌어요. 황제에게서 반가운 회답을 받아온 게 틀림없었지요."

그러자 알베르가 참지 못하고 다시 물었다.

"그런데 그 이름이 생각나지 않습니까?"

"정말로 생각이 안 나요. 그때 누군가가 지하실로 내려왔어요. 셀림은 창을 들고 누구냐고 외쳤어요. 그러자 들어온 사람이 말했어요.

'황제 폐하 만세! 황제께서 알리 파샤를 용서해주셨다. 목숨뿐 아니라 전 재산까지 돌려주셨다.'

그러더니 그는 반지를 보여주었답니다. 셀림은 기쁜 얼굴로 도화선을 바닥에 던지고 불을 껐지요. 그러자 동굴로 들어

온 사나이가 손뼉을 쳤어요. 그가 손뼉을 치자마자 반역자의 부하 네 명이 한꺼번에 몰려와 셀림의 몸에 난도질을 했어요. 어머니는 재빨리 저를 부둥켜안으시고는 별궁의 비상계단까지 왔어요. 우리만 알고 있던 비밀 통로가 있었거든요. 아래층 방들은 이미 쿠르시드의 부하들로 꽉 차 있었지요. 어머니가 막 문을 열려던 순간이었어요. 밖에서 아버지의 무서운 목소리가 들려왔어요.

아버지는 황제가 아버지의 목을 원한다는 「칙서」를 보여주는 적들 앞에서 껄껄 웃으셨어요. 그리고 그들에게 총을 쏘셔서 두 명을 쓰러뜨리셨어요. 아아, 그다음은……. 그다음은……. 더 이상 자세히 이야기 못 해드리겠어요. 저는 아버지가 적들의 총에 맞아 돌아가시는 모습을 똑똑히 본 거예요. 딱 한마디만 해드릴 수 있어요. 아버지는 다가오는 죽음의 위협 앞에서도 조금도 위엄을 잃지 않으셨고 용감하셨어요.

저는 땅바닥 위를 구르고 있었어요. 어머니께서 정신을 잃고 쓰러지셨기 때문이지요."

말을 마친 하이데의 얼굴은 새파랗게 질려 있었다. 알베르는 진심어린 목소리로 말했다.

"정말 슬프고도 끔찍한 이야기군요. 그런 비참한 이야기를 하게 만들다니, 정말 미안합니다."

그러자 백작이 말했다.

"괜찮소. 하이데는 보기보다 용감한 여자요. 그런 괴로운 기억을 되씹으며 오히려 마음에 위안을 얻기도 한다오."

그러자 하이데가 곧바로 말했다.

"그 괴로운 기억 끝에는 백작님의 은혜가 떠오르기 때문이지요."

알베르의 눈은 계속 호기심에 차 있었다. 그가 가장 알고 싶던 이야기, 어떻게 하여 그녀가 백작의 노예가 되었는지 그 사정 이야기는 아직 듣지 못했기 때문이다. 백작이 고개를 끄덕이자 그녀는 이야기를 계속했다.

"어머니가 다시 정신이 드셨을 때, 우리 앞에는 사령관 쿠르시드가 있었습니다. 어머니는 알리의 아내로서의 명예를 지키기 위해 죽여달라고 말씀하셨지요. 그러자 쿠르시드가 '그건 네 새 주인이 결정할 일이지'라고 대답했어요. 쿠르시드는 아버지를 죽이는 데 가장 큰 공을 세운 사람에게 우리를 노예로 준 거예요. 바로 프랑스 사람이지요. 하지만 그는 감히 우리를 차지하고 부릴 수 없었지요. 그는 우리를 곧장 콘스탄티노폴로 가는 노예 상인에게 팔아버렸어요.

우리는 그리스를 거쳐 터키 황궁 앞에 도달했어요. 거의 반쯤은 다 죽은 상태였지요. 그런데 그 황궁 정문 앞에 사람들이 모여 있었어요. 우리가 지나가려니까 사람들이 길을 비켜주더군요. 그런데 구경꾼들을 따라 눈길을 위로 돌리신 어머니가 외마디 비명을 지르며 그 자리에서 그대로 쓰러지셨어요. 황궁 정문 위에 머리가 하나 걸려 있고 이런 글이 씌어 있던 거예요.

'자니나의 파샤, 알리 테베린의 머리.'

저는 울면서 어머니를 일으키려 했어요. 하지만 어머니는 이미 숨을 거두신 뒤였어요. 그 뒤에 저는 어느 돈 많은 아르메니아 사람에게 팔려갔어요. 그 사람은 여러 선생을 대주며 저를 제대로 교육시켰어요. 그리고 제가 열세 살이 되었을 때 마무드 왕에게 팔았지요."

이야기의 마무리는 백작이 지었다.

"내가 마무드 왕에게서 하이데를 샀소. 커다란 에메랄드를 주었지. 자, 어서 차를 들지요. 이야기는 다 끝났으니."

그로부터 며칠이 지났을 때였다. 보샹이 편집 주간으로 있는 「앵파르시알」지에 '자니나 통신'이라는 짧은 기사가 났다. 그 내용은 다음과 같았다.

지금까지 알려지지 않았던 사실이 하나 드러났다. 자니나 성은 알리 테베린 총독이 전적으로 신임하고 있던 프랑스 장교인 페르낭의 배신으로 터키 군에 넘어간 것으로 드러난 것이다.

그 기사를 본 알베르는 노발대발했다. 그는 자기 아버지 이름이 페르낭임을 알고 있었다. 그는 모든 것이 아버지를 시기하는 자들의 음모라고 생각했다. 그는 그 기사가 만에 하나 사실일 수도 있다는 생각은 추호도 하지 않았다. 그는 보샹을 만나 페르낭이 바로 자기 아버지라며 기사를 취소해달라고 요구했다. 보샹은 기사가 잘못되었다는 것이 확인된 다음이라야 취소할 수 있는 법이라고 말했다. 게다가 그는 자신이 그 기사를 쓰지도 않았으며 알베르가 그 기사에 대해 말하기 전에는 보지도 못했다고 말했다.

보샹이 기사 취소를 거부하자 알베르는 그에게 결투를 신청했다. 그들은 3주일 후인 9월 21일 결투 약속을 하고 헤어졌다.

알베르와 보샹의 결투는 아직 3주나 남았으니 잠시 그로부터는 눈을 돌리고 다시 빌포르가로 가보기로 하자. 일들이 좀 숨 가쁘게 돌아가고 있으니 독자 여러분도 함께 바쁠 수밖에 없다.

이어지는 독살 사건

　　　　　　　　길을 걷는 막시밀리앙 모렐의 발걸음
은 무척 가벼웠다. 그는 행복에 겨워있었다. 누아르티에 노인
이 보자고 하여 빌포르가로 가는 길이었기 때문이다. 그는 빠
른 걸음으로 거의 뛰다시피 빌포르의 집으로 향했다. 그의 뒤
로는 전갈을 하러 왔던 바루아가 숨을 헐떡이며 따라오고 있
었다. 환희에 들뜬 서른한 살 청년의 발걸음을 예순 된 노인
이 따르기는 벅찬 일이었다.

　노인의 집에 도착하자 하인은 특별 출입구를 통해 모렐을
노인에게 데려갔다. 잠시 후 발랑틴이 들어왔다. 상복을 입고
있는 발랑틴은 더욱 아름답게 보였다. 발랑틴이 모렐에게 살

짝 말했다.

"제가 사랑하는 사람이 있다고 할아버지께 말씀드렸더니 하실 말씀이 있다고 하셨어요. 제가 할아버지 말씀을 통역해드릴게요."

이윽고 대화가 시작되었다.

"할아버지께서 이 집을 떠나 다른 곳에서 사시겠대요. 벌써 바루아가 적당한 집을 찾는 중이래요. 저도 할아버지와 함께 갈 거예요."

"그다음엔?"

"할아버지 허락을 받은 다음에 당신과의 약속을 지키는 거지요." 발랑틴은 수줍은 듯 낮은 목소리로 속삭이듯 말한 후 할아버지에게 물었다.

"할아버지, 제가 말한 게 바로 할아버지 뜻이지요?"

"오냐."

"할아버지 댁에서 내가 지내게 되면 당신은 저를 만나러 오실 수 있어요. 할아버지는 제 보호자니까요. 그런 다음 우리 둘이 행복하게 살 수 있을 거라 생각되면 제게 청혼해주세요."

그녀가 다시 노인에게 말했다.

"할아버지, 할아버지도 찬성하시지요?"

"물론이지."

발랑틴이 모렐에게 말했다.

"대신, 세상 모든 예의범절을 다 지켜주세요. 우리의 행복을 위태롭게 할 행동일랑 하지 않겠다는 약속을 해주셔야 해요."

모렐은 행복에 겨워, 희망을 가지고 모든 어려움을 견디며 기다리겠다고 말했다.

청년을 바라보는 노인의 눈에는 애정이 넘치고 있었다. 바루아는 방 한구석에 앉아 흐르는 땀방울을 씻으며 웃음 짓고 있었다.

"어머, 바루아, 그렇게 더우세요?" 발랑틴이 물었다.

"예, 뛰어갔다 와서 그렇지요."

"그렇다면 물 좀 드세요."

노인이 레모네이드 병과 컵이 놓인 쟁반을 바루아에게 눈으로 가리켰다. 병에는 노인이 마시고 남은 레모네이드가 들어 있었다. 바루아는 황송한 듯 레모네이드 병을 들고 나가더니 컵에 따라 한 잔 마셨다.

발랑틴과 모렐은 노인 앞에서 작별 인사를 나누었다. 바로 그때 빌포르의 방 계단 앞에 있는 벨이 울렸다. 손님이 왔다는 신호였다. 토요일 정오이니 의사가 온 것이었다.

바루아가 방으로 들어오자 "누가 오셨나요?"라고 발랑틴이 물었다.

"다브리니 선생님께서 오셨습니다." 바루아의 대답이었다.

그런데 갑자기 바루아가 다리를 휘청거렸다. 발랑틴이 왜 그러느냐고 물어도 바루아는 아무 대답도 하지 못하고 무엇인가 잡으려는 듯 비틀거렸다. 얼굴에는 경련이 일었고 얼굴색은 완전히 사색이었다.

"아니, 쓰러지겠어." 모렐이 외쳤다.

쓰러지는 정도가 아니었다. 바루아의 눈이 무섭게 불거져 나오고 온몸이 뻣뻣해지는 것이 아닌가! 발랑틴은 "다브리니 선생님, 다브리니 선생님"이라고 크게 소리를 질렀고 그 순간 바루아는 누아르티에 노인의 발밑에 쓰러져버렸다.

발랑틴의 고함소리를 듣고 제일 먼저 나타난 것은 빌포르였다. 그의 모습을 본 모렐을 움찔 뒤로 물러나 커튼 뒤로 몸을 숨겼다. 누아르티에 노인은 하인이라기보다는 친구인 이 불쌍한 늙은이가 변을 당한 것을 보고 어쩔 줄 모르고 있었다. 삶을 어느 정도 체념한 노인의 얼굴에도 공포와 불안의 기색이 역력했다. 그는 어떻게 해서라도 바루아를 구해주고 싶었다.

한편 방으로 들어와 그 광경을 본 빌포르는 새파랗게 질렸다. 그는 문으로 달려가며 의사 선생을 불렀고 발랑틴은 빌포르 부인을 불렀다.

그사이 모렐은 슬그머니 밖으로 나왔다. 모두들 정신이 팔려 있어서 그를 보지 못했다.

바로 그때 의사와 빌포르가 들어섰다. 의사는 빌포르 부인의 청으로 아들 에두아르를 먼저 보러 갔다온 것이었다.

다브리니와 빌포르는 바루아를 소파로 옮겨놓았다. 의사는 물과 에테르를 가져오게 한 후 빌포르만 남겨두고 모두 방에서 나가라고 했다. 발랑틴이 머뭇거리며 "저도요?"라고 말하자 의사는 무뚝뚝하게 "아가씨는 특히 여기 있으면 안 되겠어"라고 냉랭하게 대답했다.

바루아가 잠시 정신이 들었다. 그러자 의사가 물었다.

"오늘 뭘 먹었나?"

"아무것도 먹은 게 없습니다. 입에 댄 거라곤 영감마님 물병에 들어 있던 레모네이드 한 잔뿐입니다."

노인은 꼼짝하지 않고 이 광경을 지켜보고 있었다.

의사는 그 레모네이드 병이 어디 있느냐고 바루아에게 물어본 후 부엌으로 직접 가서 가지고 왔다. 그는 남은 레모네이드를 몇 방울 손바닥에 떨어뜨린 후 입술로 맛을 보았다. 그런 후 그는 물로 입안을 헹군 후 벽난로에 뱉었다.

의사가 노인에게 물었다.

"누아르티에 씨, 노인장도 이걸 마셨습니까?"

"그렇소."

"노인장께서도 쓴맛을 느끼셨습니까?"

"그랬소."

순간 바루아가 발작을 시작했다. 그러더니 소파에서 굴러 떨어졌고 곧 몸이 뻣뻣해졌다. 의사는 바루아는 내버려두고 누아르티에 노인에게 왔다.

"어떻습니까? 괜찮습니까?"

"괜찮소."

"레모네이드는 바루아가 만들었나요?"

"그렇소."

"그에게 그걸 마시게 한 건 누구였나요? 당신? 빌포르 씨?

빌포르 부인? 모두 아니면, 그럼 발랑틴입니까?"

"그렇소."

바루아가 한숨을 쉬는 소리가 들리자 의사가 이번에는 바루아에게 말했다.

"바루아, 말을 할 수 있겠나? 자, 힘을 내게. 레모네이드를 만든 게 누구지?"

"접니다."

"만들자마자 바로 누아르티에 씨에게 가져왔나?"

"아뇨. 부엌에 갖다놓았습니다."

"그걸 누가 여기 갖다놓았지?"

"발랑틴 아가씨께서."

그 말을 하자마자 바루아는 세 번째 발작을 일으키더니 뒤로 넘어졌다. 의사가 빌포르에게 제비꽃 시럽을 갖다달라고 하자 빌포르는 즉시 아래로 내려갔다. 이어서 의사가 노인에게 말했다.

"누아르티에 씨, 환자를 다른 방으로 옮겨야겠습니다. 피를 토하게 해야 할 것 같습니다."

그는 겨드랑이에 환자의 팔을 끼우더니 옆방으로 옮겨 갔다. 그리고 남은 레모네이드를 가지러 다시 노인 방으로 왔다. 노인이 오른쪽 눈을 감았다. 의사도 노인의 의사를 읽을 줄 알았다.

"발랑틴 양 말씀입니까? 제가 가서 발랑틴 양을 보내드리겠습니다."

밖으로 나간 의사는 복도에서 제비꽃 시럽을 들고 오는 빌포르를 만났다. 빌포르가 물었다.

"어떻습니까?"

"이리 오십시오."

의사가 옆방으로 빌포르를 데리고 갔다.

"보십시오. 죽었습니다."

"그렇게 빨리!"

"그렇습니다. 빨리도 죽었지요. 빌포르 검사님, 댁에서는 사람들이 이렇게 갑자기 죽는군요."

의사의 말에 빌포르가 두려움과 놀라움이 섞인 목소리로 외쳤다.

"아니, 그게 무슨 소립니까?"

"자, 제 이야기를 잘 들어보십시오. 생 메랑 후작 부인과 바루아는 같은 독에 독살되었습니다. 자, 제비꽃 시럽에 바루아 가 마시고 남은 레모네이드를 떨어뜨려보겠습니다. 독이 들어 있으면 시럽 색깔이 녹색이 될 것입니다."

의사는 천천히 시럽 잔에다 레모네이드 몇 방울을 떨어뜨 렸다. 그러자 단번에 시럽 잔 밑에 구름 같은 것이 뿌옇게 서 렸다. 잠시 더 있자 시럽은 푸르스름하게 변하더니 사파이어 색에서 오팔색으로 변한 후 마지막으로는 녹색으로 바뀌었다.

그러자 의사가 결연한 음성으로 말했다.

"이제 하느님께 맹세코 분명하게 말씀드리겠습니다. 불쌍 한 바루아와 생 메랑 후작 부인은 같은 독으로 독살당했습니 다. 앙구스트라 나무 껍질 아니면 상티나스 열매입니다."

의사의 말에 빌포르는 아무 말도 못 한 채 몸을 부들부들 떨더니 그대로 안락의자에 쓰러져버렸다.

잠시 후 정신을 차린 빌포르가 외쳤다.

"오오, 내 집에서 그런 일이 벌어지다니! 내 집에 죽음의 신 이 있다니!"

"검사님, 범죄라고 하는 것이 옳습니다. 이제 결단을 내려야 합니다. 계속되는 죽음의 물결을 막아야만 합니다.”

“아니, 누구 수상한 사람이라도?”

“저는 그 누구도 의심하지 않습니다. 다만 저는 죽음의 뒤를 밟아보았을 뿐입니다. 보십시오, 검사님 댁에는 아주 무시무시한 사람이 있습니다. 그런데 역사 속에서 보면 젊고 아름다운 여자들이 지옥에서 온 사자 역을 맡은 경우가 아주 많습니다. 그 여자들의 얼굴에는 지금 이 댁에 있는 범인의 얼굴에서와 마찬가지로 아주 순진한 꽃이 피어 있었을 겁니다.”

빌포르는 신음소리를 내며 애원하듯 다브리니의 얼굴을 쳐다보았다.

의사가 계속 말했다.

“범죄로 인하여 득을 보는 사람을 찾으라는 법률상의 격언이 있습니다. 자, 바루아가 누구 대신 죽었습니까? 누아르티에 씨를 독살하려던 레모네이드를 마시고 죽은 거지요.”

“그런데 아버지께서는 어떻게 무사하셨을까요?”

“아버님께서는 그 독약에 어느 정도 면역이 있으셨기 때문입니다. 제가 1년 전부터 그 누구도 모르게 아버님 중풍 약에 용담독을 아주 조금씩 써왔습니다. 범인도 그 사실은 몰랐을 겁니다. 그래서 면역이 되신 겁니다."

의사가 잠시 침묵 후 다시 입을 열었다.

"검사님, 범인을 잡으십시오. 범인은 후작 부인뿐 아니라 생메랑 후작도 죽였습니다. 병의 증세를 들어보니 틀림이 없었습니다. 자, 제 이야기를 잘 들어보십시오. 누아르티에 씨는 제2의 「유언장」을 쓰셨습니다. 제3의 「유언장」을 쓰시는 일이 벌어질까봐 노인을 없애려고 한 것입니다. 또 생 메랑 후작 부부가 죽은 후 그 유산은 누구에게 갔지요?"

"오, 다브리니 씨, 제발 자비를!"

"이건 자비를 베푸느냐 아니냐의 문제가 아닙니다. 하느님마저 놀라서 범인을 외면하시는 경우, '이자가 범인이다!'라고 밝혀야 하는 사람은 바로 저 같은 의사입니다."

"오오, 내 딸 아이를! 내 딸 아이를! 오오, 그 애를 위해서 제발!" 빌포르는 거의 죽어가는 목소리로 중얼거렸다.

"검사님 입으로 따님 이름을 대시는군요. 범인은 발랑틴입니다. 검사님, 저는 의사로서 발랑틴 양을 고발합니다. 검사님, 이제 당신이 나설 차례입니다. 검사로서의 의무를 다하셔야 하지요."

"아아, 제겐 그런 용기가 없습니다. 차라리 내가 죽겠습니다."

"정신 차려야 합니다. 가족 모두가 쓰러진 후에는 당신에게도 죽음의 차례가 올지 모르겠군요."

"선생, 내 딸은 범인이 아닙니다. 아니에요! 절대 그럴 리 없어요! 만일 정말로 내 딸이 범인이 아니라면! 그게 나중에 밝혀진다면! 내가 유령 같은 얼굴을 하고 당신에게 가서 '살인자, 너는 죄도 없는 내 딸을 죽였어!'라고 소리치게 된다면……. 그렇게 된다면, 저는 하느님의 벌을 받을 각오를 하고 자살해버릴 겁니다."

"좋습니다. 저는 이 이상 할 일이 없습니다. 검사님이 알아서 하십시오. 대신, 앞으로는 절대로 저를 부르지 마십시오. 댁에서 무슨 변고가 나도 저는 절대로 오지 않을 겁니다. 좋습니다. 검사님이 그렇게 망설이신다면 이 무서운 비밀은 우리 둘 사이에만 간직하기로 하지요. 제 마음도 별의별 일로 더럽혀졌지만 당신네 집은 더 추악하고 저주스럽게 보이는군요. 자. 이만 물러가겠습니다. 마지막으로 검사님께 선물 하나 하고 가지요."

의사는 집을 나서며 다들 들으라는 듯 큰 목소리로 빌포르에게 말했다.

"빌포르 씨, 바루아는 너무 오랫동안 집 안에만 처박혀 있었군요. 그래서 너무 뚱뚱해지고 목이 굵어지는 바람에 돌연 졸도하게 된 것입니다. 피도 무거워졌고요."

말을 마친 후 의사는 그 누구의 전송도 받지 않고 밖으로 나갔다.

그날 밤 빌포르 가의 하인들은 자기들끼리 모여 의논을 했다. 그리고 모두 이 집을 떠나기로 결정했다. 그들이 아쉬워했던 것은 오로지 더없이 친절하고 상냥했던 발랑틴 곁을 떠난다는 것뿐이었다.

빌포르는 발랑틴의 얼굴을 보았다. 발랑틴은 울고 있었다. 그가 아내 쪽으로 눈길을 돌렸을 때 아내의 엷은 입술에 어두운 미소의 그림자가 얼핏 스쳐가는 것처럼 느껴졌다.

안드레아 카발칸티

우리가 빌포르 집안과 알베르 이야기를 하면서 잠시 내버려두었던 인물이 하나 있다. 바로 안드레아 카발칸티다. 그는 몽테크리스토 백작의 소개로 파리 사교계에 화려하게 데뷔했다. 그는 시골로 내려간 바르톨로메오 카발칸티 후작의 아들 행세를 완벽하게 하고 있었다. 안드레아는 특히 당글라르의 주목을 받아 그와 자주 만났다.

그런데 어느 날 모르세르 백작이 당글라르를 찾아온다. 자기 아들 알베르와 당글라르의 딸 외제니 간의 혼담을 마무리 짓고 싶어서였다. 그러나 당글라르는 모르세르 백작을 냉대하며 파혼을 선언한다. 사실 알베르도 그 혼담에는 관심이 없었다. 모르세르 백작만 그 혼담을 고집하고 있던 상황이었다. 「앵파르시알」지에 실린 '자니나 통신'은 당글라르에게 아주 좋은 핑곗거리가 되었다.

이런 상황을 염두에 두고 이제 안드레아를 좀 더 가까이서 살펴보기로 하자.

당글라르가 모르세르에게 파혼을 선언한 바로 그날, 안드레아는 쇼세당탱에 있는 이 은행가의 집에 나타났다. 거기서 그는 아버지가 귀국한 후 생긴 걱정거리들을 그럴듯하게 늘어놓았다. 그리고 아버지가 떠난 후 아쉬워하던 가족의 정을 이 집에서 느꼈다고 말하며 외제니의 아름다운 눈동자를 보고 사랑의 정열을 발견했다고 말했다.

안드레아 카발칸티의 입에서 그런 말이 나오기를 기다리고 있던 당글라르는 당장 본론으로 들어갔다. 그는 그 청혼을 영광으로 받아들인다고 말한 후 안드레아의 아버지께서는 어떻게 생각하실지 궁금하다고 말했다. 안드레아가 대답했다.

"아버지는 제가 프랑스에 영주하고 싶을 때가 오리라고 미리 생각하고 계셨습니다. 그래서 제 신분을 증명할 모든 서류를 제게 맡기셨습니다. 그리고 제가 결혼하게 되면 매년 300만 프랑을 주겠다는 어음도 남기셨지요. 아마 아버지 수입의 4분의 1에 해당되는 금액일 겁니다. 게다가 제게는 어머니 레오노라 코르시나리에게서 물려받은 몫이 매년 200만 프랑 정도는 됩니다. 그 모든 돈을 불리는 일을 당신에게 맡기겠습니다."

당글라르는 물에 빠져 허우적거리다가 단단한 지면이 발에 닿을 때 느끼는 기쁨을 맛보았다. 그들은 좋은 날을 잡아 약혼식을 갖기로 합의했다. 헤어지기 전 안드레아가 가능한 한 상냥한 미소를 지으며 말했다.

"자, 이제 미래의 장인과의 이야기는 끝난 셈입니다. 이제는 은행가인 당글라르 씨께 한 말씀 드리도록 하겠습니다."

"무슨 말이든지." 당글라르가 웃으며 화답했다.

"제가 내일 모레 댁의 은행에서 4,000프랑을 받게 되어 있지요. 그런데 백작께서 다음 달에는 아무래도 지출이 많을 거라며 2만 프랑짜리 어음을 주셨습니다. 여기 있습니다."

당글라르가 어음을 받으며 말했다.

"이런 건 얼마든지 가져오십시오. 백만 프랑짜리라도 상관없습니다. 내일 2만 4,000프랑을 「영수증」과 함께 보내드리지요."

다음 날 10시 그가 묵고 있는 프랑스 호텔로 정확하게 2만 4,000프랑이 전달되었다. 안드레아는 그 돈을 들고 하루 종일 외출했다가 돌아왔다. 그가 나타나자 호텔 문지기가 그에게 쪽지를 전했다. 그는 방으로 돌아와 쪽지를 펴보고는 심각한 고민에 빠졌다. 편지 내용이 충격적이었기 때문이다.

오래만이군 베네데토, 토스카나에 있을 줄 알았더니 파리에서 호강하고 있군. 금광이라도 찾았나. 난 자네가 여기저기 파티에 참석하는 것도 다 보았지. 그 안에 들어가 한마디하고 싶어 입이 근질근질한 걸 참았다네. 옛 시절이 영 그리워지더군.
내가 누구인지는 잘 알겠지? 만나고 싶으면 내일 아침 9시에 생탕투안 광장으로 날 찾아오게.

안드레아는 눈살을 잔뜩 찌푸렸다. 누구인지 알 만했다. 함께 탈옥한 감방 동료였다. '녀석이 어떻게 파리에 올라오게 된 거지? 잘못하면 내 모든 계획이 수포로 돌아갈지 몰라.'
어쨌든 녀석을 만나보아야 했다. 그는 약속한 시간에 약속

장소로 갔다. 문제의 사나이가 기다리고 있었다. 독자 여러분도 그 사나이의 모습을 보았다면 놀랐을 것이다. 그는 바로 카드루스였다. 부소니 신부, 그러니까 우리의 몽테크리스토 백작이 다이아몬드를 주고 온 바로 그 사나이 카드루스였다. 독자들은 그가 다이아몬드를 밑천으로 착실하게 살기를 바랐을 것이다. 그런데 그는 탐욕으로 인해 나락에 떨어졌다. 그는 다이아몬드를 팔러 갔다가 다이아몬드와 돈을 다 빼앗으려는 욕심에 보석상을 해친 후 체포되어 감옥에 간 것이었다. 그리고 같은 감방 안에 있던 안드레아와 함께 탈옥한 것이었다.

안드레아를 보자 그가 말했다.

"아주 팔자가 좋으시군. 당글라르 딸한테 장가도 가실 예정이라며? 그런데 그게 다 잘될까?"

"아니, 터져 오르는 질투심에 환장을 하셨나? 뭘 어떻게 하겠다는 겁니까? 정 어렵게 지낸다면 당신이 그럭저럭 지낼 만한 돈은 내가 줄 수 있어요. 한 달에 200프랑 정도면 될 거 아니에요?"

"글쎄, 그걸로 그럭저럭 지낼 수도 있겠지. 하지만 언제까지나 자네 신세만 질 수 있겠는가? 게다가 자네는 그보다 훨씬 많은 돈을 만지고 있더군. 자네만큼은 아니더라도 나도 호강 좀 해야겠어. 한몫 잡아야겠어. 내 나이가 벌써 쉰이거든."

"아니, 도대체 어떻게 해달라는 거요?"

"네 돈은 하나도 축내지 않고 3만 프랑 정도 내 손에 들어오게 할 수 없겠나?"

"안 돼요. 도둑질하는 걸 도와달라는 거예요? 나를 또 감방에 들어가게 하려고요?"

"뭐 나야, 한 번 더 감방에 간다고 두려울 것 없어. 감방에 동료가 있으면 더욱 좋겠지."

안드레아의 얼굴이 새파래졌다. 그러나 그는 재빨리 머리를 굴렸다.

"내가 솔직히 말하겠어요. 사실 내 진짜 아버지는 카발칸티가 아니에요. 몽테크리스토 백작이에요. 내게 50만 프랑을 유산으로 남긴다는 「유서」도 있어요. 거기다가 내가 아들이라고 인정해 놓았다니까요. 그런데 그분이 정말 부자예요. 돈이 그냥 발에 밟힐 정도예요. 내가 그 집을 수시로 드나드니까 다 알지요."

카드루스가 침을 꿀꺽 삼켰다.

"네가 그 집에 마음대로 드나든다고? 그 집이 어딘데?"

"샹젤리제가 30번지예요."

"나도 그 집에 한번 들어갈 수 없을까?"

"무슨 수로요? 당신을 무슨 명목으로 그 집에 들여놓는단 말입니까?"

"그러지 말고 그 집 구조나 말해봐."

안드레아는 못 이기는 척 그 집의 후원과 안뜰 등 구조를 말해주었다. 그리고 1층과 2층 구조도 알려주었다. 그런 후 그에게 마지막으로 말해주었다.

"백작은 1주일에 한두 번씩 오퇴유에 있는 별장으로 가요. 내일 간다고 하더군요. 갈 때 하인들을 다 데리고 가니까 하루 종일 집은 텅 비어 있어요."

그 말을 한 후 둘은 헤어졌다.

이튿날 안드레아의 말대로 백작은 알리와 하인들을 데리고 오퇴유로 떠날 예정이었다. 베르투치오가 노르망디로부터 오퇴유로 돌아왔기 때문이다. 백작은 베르투치오에게 노르망디에 범선을 마련해놓고 출항 준비를 한 채 대기시켜놓으라고 지시했던 것이다. 백작은 한 달 안에 출항하게 될 것이라고 베르투치오에게 말한 후 다음과 같이 덧붙였다.

"어쩌면 하룻밤 사이에 파리에서 트레포르까지 가야 할 일이 생길지도 몰라. 그러니 도중 여덟 군데에 역마차를 대기시켜놓도록. 열 시간 안에 200킬로미터를 갈 수 있도록 준비해놓아야 하네."

백작이 베르투치오에게 지시를 하고 있는데 문이 열리더니 바티스탱이 나타났다. 백작이 무슨 일이냐고 묻자 바티스탱은 아무 말 없이 편지를 내밀며 말했다.

"중요한 내용 같습니다."

백작은 편지를 뜯어 읽었다.

몽테크리스토 백작께,
한 가지 긴요한 사실을 알려드립니다. 오늘 밤 어떤 자가 귀하의 샹젤리제 저택에 몰래 숨어 들어가서 돈과 서류들을 훔쳐가려 합니다. 백작께서는 경찰의 힘을 빌리지 않고 놈을 처치하시리라 믿습니다. 경찰이 알게 되면 이 사실을 알려드리는 제게 큰 화가 미칠 것입니다.

안드레아 카발칸티

백작은 처음에는 하찮은 좀도둑들의 꾀라고 생각했다. 하찮은 위험을 미리 경고해놓고 그다음에 좀 더 큰일을 벌이려는 자들이 흔히 쓰는 계교려니 생각했다. 그러나 다시 생각해보니 자신을 암살하려는 시도 같기도 했다. 그는 경찰에 알리지 않고 이 일을 혼자 처리하겠다고 생각했다. 백작은 바티스탱에게 지시했다.

"파리에 가서 집에 남아 있는 하인들을 모두 이리로 데려오고 집을 비워두게."

저녁이 되자 백작은 식사 후 알리만 데리고 남들 몰래 샹젤리제로 돌아왔다. 그리고 알리와 함께 작은 문을 통해 안으로 들어갔다. 그는 침실로 들어갔다. 알리는 백작이 이른 대로 짧은 기병총과 권총 두 자루를 책상 위에 갖다놓았다. 백작은 옆방을 들여다 볼 수 있게 벽의 움직이는 판자 하나를 옆으로 밀어놓았다. 알리도 곁에 있었다.

앵발리드의 시계가 11시 반을 울렸다. 그때 화장실 쪽에서 무슨 소리가 들렸다. 유리창을 무언가로 자르는 소리였다. 곧이어 그림자 하나가 어둠 속에서 나타났다. 그는 유리창을 떼어내더니 그리로 팔을 쑥 집어넣고 손잡이를 돌리더니 안으로 들어섰다.

백작이 그 사나이 모습에 집중해 있는데 알리가 백작의 어깨를 살며시 건드렸다. 그는 뒤를 돌아보았다. 알리가 큰길로 나 있는 창문을 가리켰다. 창가로 가서 보니 한 사나이가 문 앞에 있는 돌 위로 올라서더니 집 안 쪽을 살피는 모습이 보였다.

'옳거니, 두 놈이 작당을 한 거로군. 한 놈은 집 안으로 들어와서 행동하고 한 놈은 망을 보는 거로군'

그는 알리에게 밖에 있는 놈을 잘 감시하라고 이른 후 다시 화장실 창문이 보이는 쪽으로 왔다.

안으로 들어온 사나이는 주머니에서 열쇠 꾸러미를 꺼냈다. 순간 그 사나이의 얼굴이 달빛에 잠깐 드러났다. 그의 얼굴을 본 백작은 깜짝 놀랐다.

'아니, 저건!'

알리가 도끼를 들자 백작이 낮게 속삭였다.

"도끼는 치워도 돼. 무기는 필요 없어."

그가 알리에게 낮은 목소리로 뭐라고 지시했다. 알리는 발끝으로 걸어가더니 벽에 걸려 있던 검은 사제복과 삼각 모자를 가져왔다. 그사이 백작은 입고 있던 겉옷을 벗었다. 그리고 알리가 사제복을 가져오자 그 옷을 걸치고 삭발 가발로 머리를 덮었다. 그 가발 위에 사제모를 쓰니 백작은 단번에 신부의 모습으로 변신했다.

그는 다시 창문 앞으로 갔다. 돌 위에 있던 사나이는 다시 밑으로 내려가 있었다. 그는 인기척에는 신경도 쓰지 않고 오로지 백작의 집 안에서 일어나고 있는 일에만 신경을 쓰는 것 같았다.

그때 백작의 얼굴에 갑자기 엷은 미소가 떠올랐다. 그는 알리를 손짓으로 오라고 하더니 말했다.

"너는 절대로 모습을 보이지 말고 어둠 속에 숨어 있어라. 무슨 일이 일어나더라도 내가 부르기 전에는 절대 꼼짝 말고 있어라."

알리가 알았다고 고개를 끄덕이고는 다시 바깥이 내다보이는 창가로 갔다.

백작은 장속에서 초를 하나 꺼내더니 불을 붙였다. 그리고 도둑이 아직도 열심히 자물쇠를 열려고 낑낑대고 있는 문으로 다가가 가만히 문을 열었다. 그러고는 도둑에게 조용히 말했다.

"안녕하시오, 카드루스 씨. 이 시간에 도대체 무슨 볼일이 있는 거요?"

카드루스는 깜짝 놀라 소리쳤다.

"부소니 신부님!"

백작은 재빨리 창문을 막아섰다. 도둑이 도망갈 수 있는 유일한 길목을 막아버린 것이다.

"몽테크리스토 백작 집에 볼일이 있으신 모양이로군. 뭘 훔치려고 하는 건가?"

신부는 빈정거리는 말투로 침착하게 말했다.

"죽을죄를 지었습니다, 신부님!"

"보석상을 죽인 후 감옥에 갔다는 건 내가 알고 있지. 그런데 누가 자네를 구해준 거지?"

"영국 사람입니다. 윌모어 경이라고 하더군요."

"그 사람이 당신을 탈옥시켜주었다는 말인가?"

"실은 감방 동료인 젊은 코르시카 사람이 도와준 거지요."

"그 청년 이름은?"

"베네데토입니다."

"어떻게 탈옥했는데?"

"노역을 나갔을 때 영국 사람이 쇠를 끊는 줄을 갖다주었습니다. 그걸로 쇠사슬을 끊고 물에 뛰어들었습니다."

신부는 시치미를 떼고 물었다.

"그럼 그 베네데토는 어떻게 되었지?"

"어떤 귀족의 아들이 되었답니다. 바로 이 집 주인 몽테크리스토 백작이 그의 아버지라고 하더군요."

그 말에 신부도 약간 놀라는 것 같았다.

"아니, 그게 사실인가?"

"그렇습니다! 그렇지 않으면 가짜 애비를 만들어주고 한 달에 4,000프랑씩 줄 리가 없다고 했습니다. 게다가 「유서」에는 50만 프랑을 물려준다고 했답니다. 지금은 베네데토라는 이름을 버리고 안드레아 카발칸티 행세를 하고 있습니다."

"아니, 그런 걸 다 감춘 채 백작 집에 드나들고 당글라르 씨 딸과 결혼하려 한다고? 그래, 그걸 모른 체할 참인가?"

그때였다. 카드루스가 "에잇, 빌어먹을! 주둥아리 닥쳐라, 이놈의 신부!"라고 소리치며 안에 품고 있던 단도를 뽑아들었다. 그리고 단번에 백작의 가슴을 찔렀다. 그러나 깜짝 놀란 것은 신부가 아니라 카드루스였다. 단도가 가슴에 박히기는커녕 그대로 튕겨져 나온 것이다. 가슴에 이미 철판을 대두었던 것을 카드루스가 알 리가 없었다.

백작은 왼손으로 도둑의 팔목을 잡아 힘껏 비틀었다. 카드루스는 칼을 떨어뜨리며 비명을 질렀다. 백작은 비명에 아랑곳 하지 않고 더욱 힘을 주어 도둑의 팔목을 비틀었다. 카드루스는 털썩 무릎을 꿇더니 땅에 넙죽 엎드렸다. 백작은 발로 사내의 머리를 짓누르며 말했다.

"어디, 이대로 그냥 머리를 짓이겨줄까?"

"아이고, 제발, 목숨만은!"

백작은 발을 카드루스의 머리에서 내려놓으며 일어나라고 말했다.

"살고 싶으면 내가 부르는 대로 받아써."

그 말과 함께 백작은 펜과 종이를 내주었다.

카드루스는 시키는 대로 책상 앞에 앉아 백작이 부르는 대로 받아 적었다.

귀하께 소중한 정보를 알려드립니다. 귀하의 댁에 출입
하면서 따님과 결혼하려는 자는 안드레아 카발칸티가

아닙니다. 그는 저와 함께 툴롱 감옥을 탈출한 전과자입니다. 저는 58호, 그자는 59호 죄수였습니다.

그자의 이름은 베네데토입니다. 그러나 그는 부모의 얼굴조차 본 적이 없습니다. 그래서 그의 본명은 자신도 모르고 있습니다.

백작은 그에게 서명을 하고 주소를 쓰게 한 후 말했다.

"이제 됐으니 가봐."

"어디로 갈까요?"

"들어온 길로. 다행히 집으로 무사히 돌아가게 된다면 한시 빨리 이곳을 떠나. 아예 프랑스를 떠나든가. 정직하게 살겠다고 결심하고 실천하면 내가 약간의 생활비는 보태주지. 다만 무사히 돌아갔을 때 이야기야."

카드루스는 창문을 통해 나가더니 사다리를 타고 아래로 내려갔다. 그의 발이 땅에 닿는 순간, 어둠 속에서 한 사내가 나타나더니 카드루스의 등을 칼로 세차게 내리쳤다. 카드루스는 "사람 살려!"라고 고함을 질렀다. 그와 동시에 옆구리에 다시 한 번 칼이 들어왔다. 그가 땅바닥을 구르자 상대방이 그의 머리채를 휘어잡더니 가슴 한복판을 다시 한 번 내리 찔렀다.

암살자는 머리채를 쥐어 고개를 끌어올려보았다. 카드루스는 눈을 감은 채 입술을 일그러뜨리고 있었다. 그는 카드루스가 죽었다고 생각하고 그의 머리를 팽개친 채 어둠 속으로 사라져버렸다.

그자가 사라지자 카드루스는 팔꿈치로 짚고 일어서며 혼신의 힘을 다해 소리쳤다.

"살인이야! 사람 살려! 신부님! 신부님!"

곧이어 알리와 백작이 손에 횃불을 들고 달려왔다. 신부의 모습을 보고 카드루스가 혼신의 힘을 다해 부르짖었다.

"오, 신부님! 제발 살려주세요!"

그 말을 마지막으로 그는 기절해버렸다. 백작이 알리를 시켜 옷을 벗겨 보니 끔찍한 상처가 세 군데나 있었다.

백작은 알리에게 말했다.

"빨리 포부르 생토노레에 가서 빌포르 검사를 모셔 와라. 가는 길에 의사도 불러오게 하고."

알리가 명령을 이행하러 가자 카드루스가 겨우 눈을 떴다.

그러자 부소니 신부가 말했다.

"좀 기다려. 의사를 부르러 갔으니."

"틀렸어요. 의사가 와도 저는 죽을 거예요. 하지만 기운은 좀 차릴 수 있게 해주겠지요. 죽기 전에 할 말은 꼭 해야겠어요."

"무슨 말을?"

"날 죽인 자요."

"그자가 누군지 아나?"

"그럼요. 놈은 베네데토예요."

카드루스가 다시 정신을 잃으려 하자 백작이 집 안으로 들어가더니 약병을 하나 들고 왔다. 그는 카드루스의 입술에 병 속의 약을 서너 방울 떨어뜨렸다. 그러자 카드루스가 다시 정신을 차렸다.

"신부님, 그놈을 고발해야겠어요."

"내가 진술을 받아 적을까? 끝에 서명만 하면 돼."

복수의 정념은 진정 강한 것인지 죽어가는 마당에도 카드루스의 눈이 번쩍 빛났다. 백작은 그가 말하는 대로 받아 적었다.

툴롱 형무소에서 있던 제58호 죄수 카드루스, 코르시카

사람 베네데토의 손에 살해되어 죽습니다. 그도 형무소

에 함께 있었으며 그의 죄수 번호는 59호입니다.

백작이 펜을 주자 그는 있는 힘을 다해 서명했다.

"나머지는 신부님이 아시는 대로 다 말씀해주세요. 그놈이 안드레아 카발칸티 행세를 하고 있다는 것, 파리의 한 호텔에 묵고 있다는 것……, 오오……, 하느님, 나는 죽습니다. 신부님, 나머지는 다 말씀해주시겠지요?"

"내가 다 말해주겠네. 그자가 당신 뒤를 따라와 당신을 죽이려고 계속 밖에 지키고 있었다는 것을 말하겠네."

"그럼 신부님께선 그걸 다 보셨단 말인가요? 그러면서도 제게 알려주지 않았다는 말씀이세요?"

"그자가 하느님의 정의를 실현한다고 생각했기 때문이다. 잘 들어. 너는 하느님을 세 번 배반했어. 제일 먼저 친구를 배신했지. 그런데 하느님이 한 번 구원해주셨어. 큰 재산을 주신 거지. 그런데 재물 욕심에 살인을 했어. 그리고 뜻밖에 너와 함께 탈출한 녀석을 만나고는 또 한 번 탐욕 때문에 죄를 저지른 거야. 또 한 번 살인을 하려 했지."

"도대체 당신 같은 신부는 처음 봤소. 죽어가는 사람을 위로해주기는커녕 절망을 안기다니!"

"자, 나를 잘 봐."

백작은 변장을 하고 있던 모자와 가발을 벗었다. 그리고 검은 머리를 늘어뜨렸다.

"앗, 윌모어 경이 아닌가요?"

"난 부소니 신부도 아니고 윌모어 경도 아니야. 자, 좀 더 자세히 봐. 더 옛날로 돌아가서 기억을 더듬어보라고."

"도대체 당신이 누구란 말이오?"

백작은 카드루스가 곧 숨을 거둘 것임을 알았다. 그는 죽어가는 카드루스 가까이 갔다. 그리고 침착하게 그의 귀에 대고 말했다. 그의 눈은 서글픈 표정을 띠고 있었다.

"나는…… . 나는…… ."

그의 입술 사이로 조용히 이름이 새어나왔다.

그러자 카드루스는 "오, 하느님! 오오, 하느님 아버지시여"라고 외치더니 그대로 숨을 거두었다.

10분 후에 의사와 검사가 도착했다. 부소니 신부가 시체 옆에서 기도를 드리고 있다가 그들을 맞이했다.

하이데의 진술

　　그다음 날부터 파리는 온통 그 사건에 대한 이야기로 들끓었다. 백작이 카드루스의 「진술서」를 검사에게 넘겼기에 범인이 베네데토라는 것은 이미 밝혀져 있었다. 경찰은 범인을 잡기 위해 총력을 기울였다. 백작은 그가 안드레아 카발칸티라는 것은 밝히지 않았다. 아직 때가 아니었기 때문이다.

　백작은 사건 발생 당시 자신은 오퇴유에 있었기에 부소니 신부에게 들은 이야기 외에는 아는 게 없다고 사람들에게 말했다. 부소니 신부는 자기 집에 있는 귀중한 문헌을 조사할 일이 있어서 그날 우연히 그 집에 있게 된 것이라고 백작은 말했다.

베네데토란 이름이 나올 때마다 안색이 변하던 사람이 한 명 있었다. 바로 집사 베르투치오였다. 하지만 그것을 눈치챈 사람은 아무도 없었다.

수사는 활발하게 진행되었지만 이렇다 할 단서조차 잡지 못하고 또 다시 서너 주일이 지났다. 그러자 사람들은 차츰차츰 그 사건을 잊기 시작했다. 이제 화제는 당글라르 양과 안드레아 카발칸티 백작의 결혼으로 옮겨 가고 있었다. 그들의 결혼 날짜가 점점 다가오고 있었던 것이다. 결혼이 정식으로 공표된 것과 마찬가지였기에 안드레아는 약혼자 자격으로 당글라르의 집을 드나들고 있었다. 자유로운 기질의 외제니 당글라르 양이 원래 결혼 자체에 마음이 없었기에, 안드레아를 정겹게 대하지 않는다는 것이 문제이긴 했지만 당글라르는 그저 여자의 변덕 정도로 생각하고 전혀 개의치 않았다.

그동안 알베르와 보샹의 결투 날짜가 다가오고 있었다. 사람들은 자니나 통신 내용에 대해서는 이제 거의 이야기하지 않았다. 자니나의 성을 팔아먹은 사람이 모르세르 백작이라고 생각하는 사람도 거의 없었다. 하지만 보샹에 대한 알베르의 모욕감은 조금도 줄어 들지 않았다.

그러던 어느 날 아침이었다. 알베르가 잠에서 깨어나니 보샹이 찾아온 것이었다. 알베르는 그를 아래층 끽연실에서 맞이했다. 보샹의 표정이 침통해 보였다.

알베르는 그를 보자마자 다시 한 번 말했다.

"지금이라도 그 기사를 취소하겠다고 온 건가? 그래, 그 기사를 취소하겠나, 안 하겠나?"

"알베르, 자네 아버님은 가벼운 인물이 아니라네. 그분의 명예에 관한 일을 그렇게 간단하게 처리할 수 있는 게 아니야. 나는 보다 확실한 사실을 알아야 했네. 절친한 친구와 결투를 하려면 그럴만한 확신이 있어야 할 게 아닌가?"

"그래서 도대체 어쨌단 말인가?"라고 알베르가 초조한 마음에 물었다.

"내가 직접 자니나에 다녀왔네."

"자네가, 자니나에? 설마!"

"그렇다네. 오가는 데 1주일이나 걸렸네. 못 믿겠으면 여권을 확인해보면 된다네. 다른 사람도 아니고 바로 자네와 나 사이의 일이라서 이렇게 애를 쓸 수밖에 없었네."

알베르는 가슴이 두근거리기 시작했다.

"그래, 자네 신문사 통신원이 잘못 알았다는 걸 밝혀냈나?"

"알베르, 나는 내가 잘못 알았다고 자네에게 사과할 수 있기를 바랐다네. 하지만, 알베르, 그 기사는 틀린 게 아니었네."

"그럼, 그 페르낭이라는 사람이! 자기를 신임하고 있던 총독을 팔아넘긴 사람이…… . 그 배신자가!"

"그렇다네. 내 입으로 말하기 정말 어렵지만 틀림없이 자네 아버님이었네."

알베르는 사납게 보샹에게 덤벼들 기세였다. 그러나 보샹이 두 팔을 들어 그를 제지하면서 주머니에서 서류 한 장을 꺼냈다.

"알베르, 이걸 보게나. 여기 증거물이 있네."

보샹은 서류를 펼쳐 알베르에게 보여주었다. 자니나 명사네 사람이 쓴 증언이었고 영사의 인증 서명까지 있었다. 알리테베린 총독부의 군사 교관이었던 페르낭 몬데고 대령이 돈을 받고 자니나 성을 팔아넘겼음이 틀림없다는 내용이었다. 게다가 터키 돈 2,000부르스라는 금액까지 명시되어 있었다.

프랑스 돈으로는 80만 프랑의 금액이었다.

알베르는 비틀거리며 소파에 무너지듯 주저앉았다. 모든 것이 너무 확실했다. 잠시 침통한 얼굴을 하고 있던 그는 이윽고 눈물을 줄줄 흘리기 시작했다. 보샹이 고뇌에 빠진 친구의 모습을 동정 어린 눈길로 바라보며 말했다.

"알베르, 난 자니나에서 돌아오는 즉시 자네에게 달려온 거라네. 알베르, 지금은 세상이 달라졌어. 부모들이 저지른 잘못 때문에 우리 자식들이 너무 괴로워할 필요가 없다네. 어지러웠던 혁명기 아니었나? 군복이고 관복이고 간에 티 없이 깨끗했던 사람이 얼마나 되겠나? 이 비밀은 나만 간직하고 있겠네. 모든 것을 묻어버리세. 어때, 알베르. 그렇게 하지 않겠나?"

알베르는 보샹의 목을 끌어안았다.

"아, 보샹! 자네는 참으로 훌륭한 친구야."

보샹은 서류를 촛불에 태워버렸다.

"보샹, 정말 고맙네. 이제 자네에게 바칠 우정만이 내게 남아 있는 셈이네. 이 우정을 대대로 간직하도록 하겠네. 만일 그 일이 그대로 세상에 알려졌다면! 나는 스스로 목숨을 끊을 수밖에 없었을 거야. 아아, 어머니를 생각하면 자살할 수도 없었겠지. 아마, 나는 이 나라를 떠나버렸을 거야. 아아, 앞으로 어떻게 아버지를 볼 수 있단 말인가! 오, 어머니께서 이 사실을 아신다면!"

"자, 이제 그 이야기는 그만하고 기운이나 내게! 이 괴로움을 마음속에 꾹 누르고 있어야 해. 어때, 우리 몽테크리스토 백작에게 함께 가보지 않겠나? 기분 전환이 될 수도 있을 것 같아. 그 사람은 절대로 남에게 무언가 물어보지도 않으면서 사람 정신을 가다듬게 해준단 말이야."

"그래, 그렇게 하세. 나도 그 사람을 좋아해."

두 청년이 함께 나타나자 백작은 크게 기뻐하며 반갑게 맞았다.

백작이 말했다.

"두 분이 함께 나타나시다니, 모든 게 다 잘 해결된 모양이지요?"

그러자 보상이 말했다.

"엉뚱한 소문 같은 거야 저절로 없어지는 법 아닌가요? 또 그런 헛소문을 누군가 떠들어댄다면 제가 앞장서서 싸울 것입니다. 이제 그 이야기는 그만하지요."

"내 생각도 바로 그겁니다. 난 지금 조금 바쁘던 참입니다. 카발칸티 씨의 서류가 와서⋯⋯."

그러자 알베르가 보상에게 설명했다.

"내 대신 당글라르 양과 결혼할 사람이라네. 나는 내 혼담이 깨져서 정말 다행이라고 생각한다네."

백작이 말했다.

"당글라르 씨는 안드레아 카발칸티에게 푹 빠져 있습니다. 어렸을 때 유괴를 당했다니 그 10년 동안 그가 어떻게 살았는지 하느님만 아시겠지요. 내가 당글라르 씨에게 넌지시 그런 이야기를 해도 끄떡도 안 하더군요. 그리고 그 청년 아버지에게 연락해서, 그 친구에 관한 서류를 보내달라고 내게 부탁하더군요. 이게 바로 그 서류입니다. 당글라르 씨에게 바로 보내버릴 작정입니다."

말을 마친 백작이 알베르의 얼굴을 바라보며 말했다.

"아무래도 안색이 평소와는 달라 보입니다. 무슨 일 있으십니까?"

"머리가 좀 아파서 그렇습니다."

"그렇다면 최고로 잘 듣는 약이 있어요. 나도 지금 기분이 언짢아서 그 약을 쓰려던 참이지요. 내 집 앞에서 벌어진 살인 사건의 범인을 잡겠다며, 수상한 자를 잡기만 하면 내 집으로 데려와서 대질을 해대니! 정말 성가셔서 못 견딜 지경이라오."

"그런데 그게 무슨 약이지요?"

"분위기를 바꾸는 거지요. 이곳을 떠나 어디론가 멀리 가려던 참이었습니다. 자작, 나와 함께 가지 않겠소?"

"좋습니다. 그런데 어디로 가시려는 건데요?"

"바다입니다! 나는 뱃사람 출신입니다. 어렸을 때부터 바다의 신의 품에 안겨 자랐지요. 그래서 수시로 바다를 보러 간답니다. 우리 함께 노르망디의 바다로 가는 겁니다."

"가겠습니다, 백작."

"그럼 자작, 오늘 저녁 우리 집으로 오세요. 뒤뜰에 마차를 대기시켜놓겠습니다. 말 네 마리가 끄는 아주 편안한 마차입니다. 보샹 씨도 함께 가지요."

보샹은 극구 사양했다. 알베르는 저녁 5시에 다시 오기로 약속하고 집으로 돌아갔다.

보샹과 알베르가 밖으로 나가자 백작이 벨을 두 번 울렸다.

베르투치오가 나타났다.

"베르투치오, 오늘 바로 노르망디로 떠나야겠네. 지금부터 5시까지면 충분히 준비할 수 있겠지? 알베르 모르세르와 함께 가겠네."

출발에 앞서 백작은 하이데에게 여행 목적지를 알려준 후, 자기가 없는 동안 모든 집안일을 그녀가 알아서 처리하라고 일러놓았다.

알베르는 정확히 5시에 나타났다. 사막의 아들 알리가 모는 마차는 바람처럼 빠르게 달렸다. 알베르는 상상도 할 수 없는 속도였다. 달린다기보다는 차라리 날아간다고 하는 게 나았다. 처음에는 별로 기분이 나지 않았던 알베르는 가슴이 탁 트였다.

"이런 기분은 정말 처음입니다. 스피드에서 이런 즐거움이 느껴질 줄은 몰랐습니다."

여행은 똑같은 속도로 계속되었다. 여덟 곳의 역에서 기다리고 있던 서른두 마리의 말이 번갈아 200킬로미터를 여덟 시간 만에 달린 것이었다. 마차는 새벽 2시 반에 어느 아름다운 집 정원 앞에 멈추었다. 여행에 지친 알베르는 간단하게 목욕과 식사를 마친 후 곧바로 잠에 빠져 들었다.

다음 날 백작과 알베르는 사냥과 낚시를 하며 즐겁게 보냈다. 사흘째 되는 날 저녁, 사냥과 낚시에 피곤해진 알베르는 방안 소파에 앉아 끄덕끄덕 졸고 있었다. 그때 갑자기 도로 위로 요란하게 말이 달려오는 소리가 들렸다. 알베르는 졸음에서 깨어나 창으로 걸어갔다. 밖을 내다보던 알베르는 깜짝 놀랐다. 앞마당에서 자기 집 하인의 모습을 발견한 것이다. 그는 서둘러 문 쪽으로 달려갔다.

"플로랑탱, 자네가 여기 웬일인가? 어머니가 어디 편찮으신가?"

알베르가 하인 곁으로 가자 아직 숨을 고르지 못한 하인이 주머니에서 서류 봉투를 꺼내어 주인에게 건네주었다. 몽테크리스토 백작은 창문을 통해 그 모든 것을 날카로운 눈으로 보고 있었다. 알베르가 봉투를 열어보니 신문 한 장과 편지 한 통이 들어 있었다.

"누구 심부름으로 온 거냐?"라고 알베르가 물었다.

"보샹 씨께서 보내셨습니다."

알베르는 편지를 뜯었다. 그의 손이 가볍게 떨리고 있었다.

편지를 다 읽은 그는 마치 옆으로 쓰러질 것처럼 휘청거렸다. 하인이 그를 부축했다. 그 모습을 보고 백작이 낮은 목소리로 중얼거렸다.

'가엾구나. 결국 아버지가 지은 죄 때문에 그 자식까지 벌을 받게 되다니!'

겨우 다시 기운을 차린 알베르는 편지와 신문을 다시 읽고는 구겨버렸다. 그는 백작이 있는 방으로 되돌아갔다. 마치 술에 취한 듯 비틀거리는 걸음이었다.

"백작님, 저는 한시라도 빨리 파리로 돌아가야겠습니다."

"무슨 일이오?"

"좋지 않은 일입니다. 저에게 말 한 필만 빌려주실 수 있겠습니까?"

"얼마든지요."

백작은 창밖을 내다보며 외쳤다.

"알리, 모르세르 씨에게 말 한 필 준비해드려. 서둘러. 급하시다니까."

알베르는 떠나면서 백작에게 신문을 주더니 말했다.

"대접을 잘해주셨는데 이렇게 급히 떠나게 되어 죄송합니다. 이 「신문」을 보시면 아시게 될 겁니다. 하지만 제발 제가 떠난 다음에 읽어주십시오. 백작님 앞에서 부끄러운 제 모습을 보이고 싶지 않습니다."

말을 마친 알베르는 급히 말을 몰았다. 백작은 그 뒷모습을 연민 어린 눈으로 보고 있었다. 청년의 모습이 완전히 시야에서 사라지자 백작은 천천히 신문으로 눈길을 돌렸다.

3주일 전 「앵파르시알」지에 보도되었던 자니나 함락 사건은 사실임이 판명되었다. 거기다 한 가지가 더 밝혀졌다. 자니나 총독 밑에 있던 프랑스 장교는 자니나 성을 적들에게 넘겨주었을 뿐 아니라 은인이었던 그 총독을 터키 군에 팔아넘겼다. 「앵파르시알」지에 보도되었던 것처럼 그의 당시 이름은 페르낭이었다. 이후 그에게는 귀족의 칭호와 영지가 주어졌으며, 그는 오늘날 모르세르 백작으로 불리고 있음이 밝혀졌다.

보상이 친구와 맺은 우정으로 너그럽게 묻어두려 했던 비밀은 이렇게 다른 신문을 통해 마치 망령처럼 다시 세상에 나타났다.

　알베르가 보샹의 집에 들이닥쳤을 때는 아침 8시가 되어가고 있었다. 보샹을 본 알베르가 말했다.

　"이보게, 이게 누구 짓인지 짐작 가는 데라도 있나?"

　"내가 그 신문 편집장을 만나보았네. 어떤 사람이 자니나에서 직접 서류들을 가지고 왔다는 거야. 그가 누구냐고 물어도 답을 안 해 주기에 자네에게 사람을 보낸 거라네."

　"그래서 어떻게 되었나?"

　"자네에게 하인을 보낸 후에 귀족원이 발칵 뒤집혔다네. 그 뒷이야기를 해줄 테니 힘들더라도 들어주게."

　이어서 보샹은 귀족원에서 벌어진 일을 알베르에게 이야기해주었다. 그가 직접 귀족원에서 목격한 것이었다. 보샹이 들려준 이야기는 다음과 같다.

　보샹의 말대로 귀족원은 발칵 뒤집혔다. 신문을 본 귀족들이 평소보다 일찍 출석해서 이 사건에 대해 입을 모아 이야기하고 있었다. 모르세르가 동료들에게 인기가 없었기에 모두들 그를 경멸하고 비웃었다. 모두들 그를 몰아낼 기세였다.

다만 딱 한 사람만이 아무것도 모르고 있었으니 그는 바로 당사자인 모르세르 백작이었다. 그는 평소와 다름없는 태도로 정각에 의회에 나타났다. 모르세르가 상원 회의장에 들어섰을 때는 이미 회의가 시작된 지 30분도 더 지나 있었다.

사람들은 모두 고발 기사가 실린 신문을 손에 들고 있었다. 이윽고 평소에 모르세르와 적대적이었던 귀족 한 명이 엄숙한 표정으로 단상에 올랐다. 장내는 물을 끼얹은 듯 조용해졌다. 다만 모르세르만은 왜 이렇게 분위기가 엄숙한지 알 수 없었다. 단상에 오른 귀족이 지금부터 말하려는 내용이 실로 중대한 일이며 귀족원의 사활이 걸린 중대한 일이라고 말할 때도 모르세르는 아무렇지도 않게 들어 넘겼다.

그런데 차츰차츰 페르낭의 얼굴이 파랗게 질려갔다. 자니나와 페르낭의 이름이 연설자의 입에서 나온 것이었다. 조용한 가운데 신문기사 낭독이 끝나자 귀족원은 조속하게 조사를 벌여 중상이 확대되는 것을 막고 모르세르 백작과 귀족원의 명예를 살려야 한다고 결론 맺었다. 그리고 그 일에 누구보다 모르세르 백작 자신이 앞장서야 할 것이라고 힘주어 말했다.

모르세르 백작은 정신이 하나도 없었다. 극심한 정신적 충격을 받은 그는 후들후들 떨면서 동료 귀족들을 멍청하게 바라보고만 있었다. 죄를 지은 자가 수치심 때문에 그러는 것 같기도 했지만 결백한 자가 엉뚱한 내용에 놀라는 것 같기도 해서 그를 동정하는 귀족들도 있었다. 귀족들은 조사를 할 것인지 아닌지 찬반 투표를 했다. 조사를 벌이기로 결론이 나자, 모르세르는 겨우 정신을 차리고 일어나 말했다.

"은밀한 곳에 숨어서 저를 공격해오는 자에게 망설일 필요 없습니다. 저는 조사가 가능한 한 빨리 이루어지기를 바랍니다. 귀족원이 요구하는 서류는 제가 다 제출하겠습니다."

그의 말에 그날부터 당장 조사에 착수하기로 결론이 났다.

그날 저녁 8시에 다시 회의가 소집되었다. 모르세르는 서류 뭉치를 들고 귀족원에 나타났다. 의장이 먼저 모르세르에게 발언권을 주었다. 단상에 올라간 그는 청산유수로 변명했다. 자니나 총독이 황제와의 생사에 관한 교섭권을 모두 위임한 것은 마지막 순간까지 자기를 신뢰하고 있다는 증거라며 서류를 제출했다. 그리고 지휘권자임을 보증하는 반지를 내보였다. 알리 파샤의 반지였다. 그는 언제라도 알리 파샤가 있는 곳에 출입할 수 있을 만큼 가까운 사이였으며 자기가 황제와 교섭에 실패하고 돌아왔을 때 알리 파샤는 이미 죽은 뒤였다는 거다. 그리고 죽어가면서 애지중지하던 딸과 부인을 자기에게 부탁할 정도로 절대적인 신임을 얻고 있었다고 말했다.

위원들은 모두 감동받았다. 그때였다. 수위가 쪽지 한 장을 의장에게 전했다. 그 쪽지를 읽은 의장이 모르세르에게 물었다.

"알리 파샤가 자신의 딸과 부인을 백작에게 맡겼다고 하셨지요?"

"그렇습니다."

"하지만 증인은 없는 셈이군요."

"그 무서운 전쟁에서 살아남은 프랑스 사람은 저 하나뿐이니 없는 셈입니다. 하지만 이 반지가 모든 것을 말해주고 있지 않나요?"

"그런데 백작, 아주 잘 되었습니다. 백작의 결백을 완전히 입증해줄 증인이 나타났습니다."

그러더니 의장은 의원들의 동의를 얻어 방금 전해진 쪽지를 읽었다.

의장 각하. 본인은 모르세르 백작의 그리스와 마케도니아에서의 행동에 대해 조사 위원회에 확실한 정보를 제공하고자 합니다. 저는 알리 파샤가 죽을 때 그 현장에 있었던 사람입니다. 저는 그의 임종을 지켜보았고 동시에 그의 부인과 딸이 어떻게 되었는지 아는 사람입니다. 저는 위원회의 결정을 기다리며 위원회 현관에서 기다리고 있겠습니다.

백작은 얼굴이 하얘졌다. 그러나 의원들은 모두 그 증언을 들어보자고 했다. 의장이 수위에게 쪽지를 보낸 사람을 들여보내라고 했다. 그 사람이 들어오자 모두 놀랐다. 베일로 얼굴을 가린 여자였기 때문이다. 의장이 베일을 벗으라고 권했다. 그러자 젊고 아름다운 그리스 여자의 얼굴이 나타났다.

모르세르 백작은 공포에 질린 눈으로 그녀를 바라보고 있었다. 의장이 그녀에게 말했다.

"그 사건의 목격자라고 하셨지요? 당시에 무척 어렸을 텐데 어떻게 기억을 할 수 있다는 거지요?"

"그렇습니다, 그때 저는 네 살이었습니다. 하지만 너무 충격적인 사건이었기에 당시의 일을 모두 또렷하게 기억하고 있습니다."

"당신이 누구이기에 그렇게 충격을 받을 정도로 심각한 사건이었나요?"

"저는 자니나 총독 알리 테베린의 딸 하이데입니다. 아버님의 생사에 관한 문제였으니 제가 잊을 리 없지요. 여기 제「출생증명서」와「세례증명서」가 있습니다. 그리고 마지막으로 그 프랑스 장교가 저와 제 어머니를 아르메니아 상인 엘 코비르에게 팔아넘긴「증서」입니다. 그 장교는 자기를 신임하던 은인의 부인과 딸을 터키 돈 1,000부르스, 그러니까 대략 40만 프랑에 노예상인에게 팔아넘겼습니다."

그녀가 모든「증서」를 의장에게 넘기자 의장이 의원들에게 말했다.

"모두 틀림없는「증서」들입니다. 제가「매도 증서」를 읽어 보겠습니다."

의장이「매도 증서」를 읽었다.

나 노예 상인이며 황제 폐하의 후궁의 물품 공급업자인

엘 코비르는 다음과 같은 사실을 확인함. 본인은 자니나의 총독이었던 고(故) 알리 테베린의 딸인 11세의 노예 하이데를, 마무드 왕에게 전달할 2,000부르스에 해당하는 에메랄드를 몽테크리스토 백작에게서 받고 그에게 양도함. 하이데는 7년 전 그녀의 모친과 함께 페르낭 몬데고라는 알리 테베린 휘하의 장교에게서 본인이 사들인 노예이며 그녀의 모친은 콘스탄티노플에서 사망했음. 본인은 1,000부르스의 가격으로 두 노예를 사들였으며 황제 폐하의 재가하에 이 증서를 작성함.

다 읽고 난 의장이 말했다.

"여기 상인의 서명이 있으며 황제의 날인이 있습니다."

회의장은 일순 침묵에 휩싸였다, 모르세르는 그저 멍하니 눈만 뜨고 있는 것 같았다.

의장이 하이데에게 물었다.

"자세한 내용을 몽테크리스토 백작에게 물어도 될까요?"

"제 아버님이나 다름없는 그분은 지금 노르망디에 가시고 안 계십니다. 그리고 그분은 이 일과는 아무 상관없습니다. 나

하이데의 진술

중에 이 일을 아시고 나무라시지나 않을까 걱정입니다."

이윽고 의장이 모르세르 백작에게 물었다.

"당신은 이 여인을 자니나의 총독, 알리 파샤의 딸로 인정합니까?"

백작이 일어서려고 애쓰며 대답했다.

"아닙니다. 이건 모두 저를 해치려는 적들의 음모입니다."

그러자 하이데가 소리쳤다.

"음모라고? 나를 모르겠다고? 불행히도 나는 너를 똑똑히 알아보겠는데! 네가 자니나의 성을 터키에 팔아버리고 황제의 거짓 「칙서」를 가져왔다는 걸 내가 다 아는데! 어머니가 뭐라고 말씀하셨는지 알아?

'너는 여왕이 될 신분이었다. 그런데 저자가 너를 노예로 만들었다. 게다가 바로 저자가 네 아버님 머리를 창끝에 매달았다. 우리를 노예상인에게 팔아넘긴 것도 바로 저자다. 하이데, 저자의 오른손을 잘 보아라. 커다란 흉터가 있다. 훗날 저자의 얼굴을 잊게 되더라도, 노예 상인에게서 받은 금화를 한 닢 한 닢 세던 저 손만은 알아볼 수 있을 거다.'

그런데도 나를 알아보지 못하겠다고?"

하이데의 말이 끝나자 모르세르는 자기도 모르게 오른 손을 가슴속으로 감추며 의자에 털썩 주저앉고 말았다.

의장이 백작에게 말했다. "모르세르 백작, 이 모든 진술이 사실이오? 당신에게 반박할 기회를 주겠소."

그러자 모르세르는 마치 숨이라도 막히는 듯 윗도리의 단추들을 우두둑 뜯어냈다. 그리고 마치 광인처럼 정신 나간 걸음으로 밖으로 나갔다. 이윽고 백작을 실어가는 마차 소리가 건물 문을 흔들며 들려왔다.

백작이 밖으로 나가자 회의장은 침묵에 싸였다. 그러자 의장이 큰 소리로 묵직하게 말했다.

"모르세르 백작의 반역, 매국의 죄를 인정합니까?"

조사위원회 위원들이 이구동성으로 답했다.

"인정합니다!"

아름다운 결투와 페르낭의 최후

이야기를 마친 보샹이 말했다.

"알베르, 나는 잡지 편집인으로서 그 자리에 있었다네. 그리고 누가 이런 일을 꾸미고 벌였던 간에 이 모든 것이 신의 섭리라고 생각했네."

그러자 알베르가 말했다.

"보샹, 이제 내 인생은 끝났어. 하지만 아직 안 끝난 게 있어. 신의 섭리라고만 말할 게 아니야. 내게 적의를 품고 이렇게 모든 것을 밝히려 한 자가 누구인지 알아내야만 해. 그자가 누구이던, 그를 죽여버릴 거야. 그러지 않으면 그자가 나를 죽일 테니까. 보샹, 자네가 아직도 나를 경멸하지 않는다면 나를 좀 도와주게."

"나는 자네가 프랑스를 떠나서 어디선가 한 3~4년 지내고 오길 바란다네. 하지만 자네가 꼭 적을 찾아내겠다면 내가 도와주겠네."

"고맙네. 그렇다면 잠시라도 지체할 것 없네. 당장 조사해 보기로 하세."

"잠깐, 내가 생각나는 일이 하나 있네. 내가 자니니에 갔을 때 일이야. 정보를 얻으려면 은행가를 찾으라는 말이 있지? 그래서 그곳에서 제일가는 은행가 집을 찾았지. 그런데 그 사건 이야기를 꺼내자 2주일쯤 전에도 같은 걸 물어본 사람이 있었다더군."

"그래? 그게 누군데?"

"당글라르 씨라고 했어."

그러자 알베르가 소리쳤다.

"그 인간이! 맞아, 그 인간이 늘 아버지 뒤를 노려왔어! 그래서 파혼도 시킨 거고."

둘은 당장 당글라르의 집으로 갔다. 그의 저택에 도착하니 안드레아 카발칸티의 마차와 하인이 눈에 띄었다.

그들이 왔다는 전갈을 받자 당글라르는 문을 잠그라고 했다. 그러나 알베르는 문이 닫히기 전에 문을 박차고 은행가의 서재로 들어갔다.

당글라르가 그들을 보고 소리쳤다.

"아니, 이게 도대체 무슨 짓인가!"

벽난로에 등을 기대고 서 있던 카발칸티도 놀란 표정을 지었다.

"저는 오늘 누구에게든 싸움을 걸고 싶은데요"라고 알베르가 말했다.

"이건 무슨 미친개도 아니고! 그래 자네 아버지 일이 밝혀진 게 나 때문이란 말인가?"

그러자 알베르가 외쳤다.

"맞아, 바로 당신이야! 다 당신이 지은 죄야!"

"내 죄라고? 무슨 당치고 않은 소리를! 도대체 그 먼 그리스에서 벌어진 일이 나와 무슨 상관이란 말인가? 난 거기 가 본 적도 없어. 내가 자네 아버지를 충동질하기라도 했단 말인가? 내가 꼬여서 성을 팔아넘기라고 했단 말인가? 말도 안 되는 소리 하지 말게."

"흥, 뚫린 입이라고 말은 잘하는군. 당신이 자니나에 편지를 보낸 걸 알고 있단 말이오."

"아, 그 얘기로군. 내가 보내긴 보냈지. 자네는 내 딸과 결혼하려고 했잖은가? 딸을 시집보내면서 신랑 가족에 대해 알아보는 건 당연한 거 아닌가? 게다가 그건 내가 쓰고 싶어서 쓴 것도 아니라네."

"그럼 누가 시켰단 말이오?"

"물론이지."

"그게 누굽니까?"

"별거 아니야. 누군가와 당신 아버지 과거 이야기를 하고 있었지. 당신 아버지가 어떻게 재산을 그리 많이 모았는지 모르겠다고 했더니 그 재산이 어디 있을 때 모으게 되었느냐고 묻더군. 내가 그리스라고 알려주었더니 자니나로 편지해서 알아보면 될 거 아니냐고 충고하더군. 그래서 내가 편지를 한 거네, 이 사람아."

"그래 그 충고를 해준 사람이 누굽니까?"

"자네의 절친한 친구 몽테크리스토 백작이지."

그의 입에서 몽테크리스토 백작의 이름이 나오자 알베르가 미처 머리에 떠올리지 않던 사실들이 분명하게 되살아나기 시작했다.

'그렇구나. 모든 일을 다 그가 꾸민 거야. 그는 모든 것을 이미 다 알고 있던 거야. 하이데가 알리 파샤의 딸이란 걸 이미 알면서도 당글라르에게 편지를 보내라고 부추긴 거야. 그리고 하이데에게 알리의 죽음에 대해 일부러 나에게 들려주게 한 거야. 그리고 이 사건이 터질 때쯤 나를 일부러 노르망디로 데려간 거지. 모든 게 다 그의 계산에 의해 벌어진 일이야. 그가 바로 나의 적이었어.'

알베르는 보샹을 방구석으로 데리고 가서 자기의 생각을 말해주었다. 그러자 보샹이 말했다.

"그러고 보니 자네 말이 맞는 것 같네. 이번 사건에서 당글라르는 피상적인 역할만 한 거야. 가서 따져야 할 상대는 바로 몽테크리스토 백작이로군."

두 명은 당글라르에게 인사를 하는 둥 마는 둥, 밖으로 나왔다.

몽테크리스토 백작의 집으로 마차를 타고 가면서 보샹이

말했다.

"백작은 결투를 받아들일 거야. 조심해야 하네."

"내가 아버지를 위해 목숨을 잃을 수 있다면 그건 행복한 일이라네. 행복한 일 앞에서 조심할 필요는 없지."

"하지만 어머님은?"

"아아, 불쌍한 어머니. 하지만 수치심으로 죽느니 결투로 죽는 게 나아."

샹젤리제 30번지에 도착하니 바티스탱이 나와서 그들을 맞았다. 백작은 방금 돌아왔다고 했다. 그러나 지금 목욕 중이라 아무도 만날 수 없다고 했다. 목욕 후에는 식사를 하고 식사 후 한 시간쯤 잠을 자게 되어 있어서 시간을 낼 수 없을 거라고 바티스탱이 아예 문전에서 거절했다.

알베르가 물었다.

"그다음엔?"

"오페라 극장에 가실 겁니다. 8시에 마차를 준비해놓으라고 하셨습니다."

보샹과 알베르는 8시 10분 전에 다시 만나기로 하고 헤어졌다. 그런 후 알베르는 프란츠, 드브레에게 오늘 밤에 오페라 극장에서 꼭 좀 만나자는 전갈을 보냈다.

시간이 되어 알베르는 오페라 극장으로 갔다. 샤토 르노와 보샹은 이미 제자리에 앉아 있었다. 르노는 이미 보샹에게서 상황을 다 들은 뒤였다.

알베르는 백작이 늘 앉는 특별석을 살펴보았다. 그 자리는 제1막이 끝날 때까지 비어 있었다. 제2막이 막 시작되려는 순간 특별석 문이 열리며 검은 옷을 입은 백작이 모렐과 함께 들어섰다. 제2막이 내리자 알베르는 두 친구와 함께 자리에서 일어났다. 그리고 특별석으로 가서 문을 열었다.

알베르의 얼굴을 보자 백작은 아주 친근한 얼굴로 그를 맞았다. 그러자 알베르가 말했다.

"백작, 백작과 위선적인 예절을 나누고 싶지 않소. 우리는 마음에도 없는 우정 따위를 나누려고 이렇게 온 게 아니오. 우리는 백작의 해명이나 변명을 들으려고 온 거요."

백작이 말했다.

"변명이라니요? 무슨 변명을? 더욱이 이런 자리에서."

"이런저런 핑계로 만나주지 않는 사람에게는 어디서건 얼굴을 마주하자마자 물어보는 수밖에 없소."

백작은 조금도 동요하지 않고 말했다.

"도대체 무슨 일로 이러는 건지 모르겠군. 자작, 아무래도 좀 흥분한 것 같군요."

알베르는 큰 소리로 외쳤다.

"난 흥분한 게 아니라, 당신의 배신에 대해 복수하러 온 거요." 그 말을 하면서 알베르는 몽테크리스토 백작에게 장갑을 던졌다. 대단히 모욕적인 행위였다.

백작이 노한 얼굴로 말했다.

"도무지 무슨 소리인지 모르겠군. 어쨌든 내게 싸움을 걸러 왔다는 것만은 확실하군. 좋소. 내가 이런 모욕을 참을 사람은 아니지. 하지만 내, 한 가지 충고하지. 언제고 결투를 신청하는 건 좋지만 그렇게 큰 소리를 내는 건 별로 좋은 버릇이 아니라네. 모르세르 씨, 어쨌든 지금은 오페라를 감상해야 하니 돌아가시오. 안 그러면 하인들을 불러 문 밖으로 던져버리게 하겠소."

알베르가 할 수 없이 물러서자 백작은 재빨리 문을 닫았다.

제3막이 내리자 누군가 문을 두드렸다. 열어보니 보샹이 나타나서 말했다.

"백작님, 알베르는 확실히 좀 흥분해 있습니다. 백작님께서 차분하게 설명을 좀 해주시면……."

"이보시오, 보샹 씨. 난 당신이 선한 사람이란 건 잘 알고 있습니다. 하지만 나는 그런 짓은 안 하는 사람입니다. 나를 평범한 사람으로 만들려는 노력은 안 하는 게 좋습니다. 자, 자작에게 전해주시오. 내일 10시가 되기 전에 알베르는 자신이 흘린 피를 자신의 눈으로 보게 될 것이라고 전해주시오."

"그럼 저는 결투 준비를 도와줄 수밖에 없겠군요."

"그건 내가 알 바 아닙니다. 무기는 자작이 정하라고 하시오. 어떤 무기든 상관없으니까."

"좋습니다. 그러면 권총으로 하지요. 내일 오전 8시 뱅상 숲에서."

"좋습니다. 자, 이제 제발 자리를 비켜주시지요. 이제 오페라를 좀 봐야겠습니다."

보샹이 나가자 백작이 모렐에게 엠마뉘엘과 함께 이 결투의 증인이 되어달라고 했다. 모렐이 그러겠다고 하고 둘은 백작의 집에서 내일 아침 7시에 만나기로 약속했다.

다시 오페라의 막이 올랐다. 백작이 말했다.

"자, 이제 오페라를 감상합시다. 〈빌헬름 텔〉은 정말 훌륭한 오페라입니다. 단 한 구절이라도 빼놓으면 아쉽지요."

백작은 집으로 돌아와 우선 권총을 챙겼다. 그런데 바티스탱이 백작의 방으로 들어왔다. 그가 입을 열기도 전에 그의 뒤를 따라온 한 부인이 베일로 얼굴을 가린 채 옆방에 서 있는 것이 보였다.

백작이 바티스탱에게 누구시냐고 묻자 여인은 방안으로 달려 들어오며 무릎을 꿇고 두 손을 모은 채 다짜고짜 말했다.

"에드몽, 제발 제 아들을 살려주세요."

백작은 신음소리를 내며 뒤로 물러섰다. 그리고 손에 들고 있던 권총도 떨어뜨렸다.

"방금 뭐라고 하셨습니까, 모르세르 부인?"

"에드몽, 바로 당신 이름이에요." 부인은 베일을 걷어 던지며 말했다.

"저는 절대로 그 이름을 잊지 않고 있었어요. 에드몽, 지금 당신 앞에 있는 사람은 모르세르 부인이 아니에요. 저는 메르세데스예요."

백작이 냉정하게 대답했다.

"메르세데스라고요? 그녀는 죽은 걸로 알고 있습니다. 아니, 저는 그런 이름조차 모릅니다."

"아니에요. 메르세데스는 살아 있어요. 모든 것을 기억한 채 살아 있어요. 특히 당신 목소리는……. 당신의 목소리를 처음 듣는 순간 나는 이미 알았어요. 모르세르가 그런 일을 당한 것도 당신 때문인 걸 저는 잘 알고 있어요."

"페르낭 말이로군요. 그런데 내가 당신 아드님과 결투한다는 이야기는 어디서 들었소?"

"이야기를 들은 게 아니에요. 저는 오늘 밤 아들의 뒤를 따라 오페라 극장까지 갔었어요. 아래층 특별석에서 다 지켜보았어요."

"그럼 내게 모욕을 준 걸 다 보았겠군요. 내게 장갑을 던진 것도……."

"아아, 제 아들은 당신이 자기 아버지를 불행에 빠뜨렸다고 생각한 거예요."

"불행? 그건 불행이 아닙니다. 징벌이지요. 모르세르는 하느님의 벌을 받아 쓰러진 겁니다."

"아아, 페르낭 몬데고가 당신에게 무슨 죄를 지었다고 이렇게 벌을 내리는 건가요? 왜 당신이 하느님을 대행하시는 건가요?"

백작은 나지막한 목소리로 물었다.

"내가 그날 왜 사라지게 된 걸까요? 왜 당신이 혼자 남게 된 걸까요?"

"그건, 그건……. 저는 전혀 모르는 일이에요."

"모르시겠지요. 우리가 레제르브에서 결혼식을 올리려던 바로 그 전날, 당글라르가 검사에게 밀고 편지를 쓰고 페르낭이 그걸 우편으로 부쳤기 때문입니다."

백작은 책상으로 가서 서랍을 열고 편지를 한 장 꺼냈다. 그는 그 편지를 메르세데스의 눈에 갖다 댔다. 백작이 톰슨 앤드 프렌치 상사 직원으로 변장해서 보빌에게 20만 프랑을 지불하고 자신의 서류들 중에서 빼낸 편지, 바로 그것이었다.

메르세데스는 두려운 눈으로 편지에 쓰인 글을 읽었다.

　검사 각하, 소생은 왕실과 기독교를 충실히 섬기는 이
　나라 신민으로서 다음과 같은 사실을 고발할 수밖에 없

습니다. 오늘 아침 스미르나에서 돌아온 파라옹호의 일
등항해사 에드몽 당테스라는 자는 보나파르트파 악당
들에게 보내는 편지를 부탁받았으며, 또 그들로부터 파
리에 있는 보나파르트 당 본부로 보내는 편지도 받아
가졌습니다.

그를 체포하면 모든 죄가 밝혀질 것이며, 그 편지는 그
의 몸이나 아버지의 집, 또는 파라옹호에 있는 그의 방
에서 발견할 수 있을 것입니다.

부인이 편지를 다 읽자 백작이 말했다.

"내가 그 편지 때문에 이프 성에 갇히게 되었다는 걸, 나는
14년 감옥살이를 하고 나서야 알았소. 나는 살아 있는 메르세
데스와 죽은 아버지를 위해 페르낭에게 복수하겠다고 맹세했
소. 지금 그 복수를 하고 있는 거요. 나는 무슨 일이 있어도 복
수해야 하오."

가엾은 여자는 고개를 떨구고 손을 힘없이 늘어뜨렸다. 다
리에서 힘이 빠져나가버린 그녀는 그 자리에서 무릎을 꿇고
말았다.

"그래요, 복수하세요. 당신은 복수해 마땅해요. 하지만 그 사람과 저에 대해서만 복수하세요. 제 아들은 아무 죄가 없어요. 제발 죄가 있는 사람에게만 복수해주세요. 아아, 당신이 살아 있을 때나, 당신이 죽었다고 생각했을 때나 늘 당신을 위해 기도한 이 가엾은 메르세데스의 소원을 들어주세요."

백작은 괴로운 표정을 지으며 잠시 생각에 잠겼다. 그러더니 이윽고 결심한 듯 말했다.

"아드님을 살려달라고요? 좋소. 살려드리지요."

"아아, 하느님 감사합니다. 고마워요, 에드몽! 당신은 조금도 변하지 않았군요. 여전히 너그럽고 자상한 분이군요. 내가 사랑하고 꿈꾸어오던 분 그대로이군요."

"그런데 그 에드몽은 이제 더 이상 당신의 사랑을 받을 수 없을 거요. 무덤 속에서 당신 사랑을 받을 수는 없으니까."

"그게 무슨 말씀이세요? 결투를 안 하시면 되잖아요!"

"아니 그럴 수 없소. 결투 신청을 받고 피하는 일, 그건 내게는 있을 수 없는 일이요. 그런 후 남들의 비웃음을 받는 일, 그런 일은 내게는 있을 수 없소. 다른 사람보다 나를 우월하게 해주는 힘, 그것이 주는 권위, 그게 바로 내 생명이오. 나는 내

권위를 지닌 채 내 피를 땅속에 흐르게 할 거요."

메르세데스는 그가 결투 후 죽겠다는 말을 했는데도 여전히 알베르 이야기만 했다.

"아아, 당신이 말씀하셨으니 그 애는 절대로 죽지 않겠지요? 그렇지요?"

"그렇소. 그는 살게 될 거요."

그런 그녀의 모습을 보고 에드몽은 놀랐다.

'오, 저런 게 바로 모성이란 말인가? 아들을 살리기 위해 내가 희생하겠다는 데도 조금도 놀라지 않다니! 조금도 두려워하지 않다니!'

메르세데스가 다시 말했다.

"이제 제 이마에는 윤기가 흐르지 않아요. 제 얼굴이나 눈에서 옛날 메르세데스의 모습은 찾으실 수 없을 거예요. 하지만 제 마음만은 변함이 없어요. 그럼 안녕히 계세요, 에드몽. 이제 하느님께 바랄 게 하나도 없어요. 옛날과 다름없이 고결하고 훌륭하신 당신을 만날 수 있었으니까요. 그럼 안녕히 계세요. 정말 고마워요."

모르세르 부인은 인사를 마친 후 밖으로 나갔다. 그녀를 태운 마차가 샹젤리제가의 포석 위를 구르는 소리가 들렸을 때 앵발리드의 시계가 1시를 알리고 있었다.

메르세데스가 떠나고 난 후 몽테크리스토 백작은 고뇌에 빠졌다. 죽음이 두려워서가 아니었다. 오랜 세월 공들여 쌓은 복수계획이 한순간에 무너져내렸기 때문이다. 자신이 죽으면 모든 복수가 물거품이 될 것이기 때문이었다.

그러나 그는 알베르와의 결투에서 져서 죽었다는 오명은 쓰고 싶지 않았다. 그는 그만큼 자존심이 강했다. 그는 자신이 왜 죽음을 택했는지 내막을 알리는 「유서」를 작성했다. 그는 막시밀리앙 모렐에게 몽테크리스토섬에 동굴에 매장되어 있는 2,000만 프랑을 상속한다고 썼다. 그리고 나머지 일체의 재산을 하이데에게 상속한다고 썼다. 토지와 각국의 국채, 저택의 동산들을 합친 것으로 6,000만 프랑에 상당하는 재산이 그것이었다.

그는 하이데를 딸처럼 생각하고 있었다. 그는 자신에게 무슨 일이 벌어지더라도 하이데만은 행복해질 것이라 생각하며 안심했다.

벌써 날이 밝아왔다. 백작은 밖을 내다보았다. 마차에서 막 시밀리앙 모렐이 내리는 것이 보였다. 뒤이어 엠마뉘엘이 마차에서 내렸다. 둘이 안으로 들어오자 백작은 알리에게 「유언장」을 주면서 말했다.

　"알리, 이걸 공증인에게 보내도록 해. 모렐 씨, 이건 내 「유언장」입니다. 내가 죽거든 와서 그 내용을 물어보도록 해요."

　"뭐라고요? 죽거든이라니요?"

　"아니, 결투를 하다보면 이럴 수도 있고 저럴 수도 있으니 만일의 경우에 대비하자는 거지요."

　막스밀리앙은 백작의 사격 솜씨를 잘 알고 있었다. 그가 말했다.

　"제가 샤토 르노를 만나서 결투에 대해 협상을 하고 왔습니다. 백작께서 먼저 쏘시기로 합의를 보았습니다. 백작님, 관용에 호소하겠습니다. 저는 백작님 사격 솜씨를 잘 압니다. 제발 알베르의 팔을 향해 총을 쏘아주십시오."

　백작은 빙그레 웃었다. 결과를 생각한 웃음이기도 했지만 모렐의 선한 마음에 감동을 받은 웃음이기도 했다. 백작은 걱정 말라며 모렐을 안심시켰다.

셋은 결투 장소로 갔다.

그곳에 도착하니 이미 마차 한 대가 와 있었다. 그러나 알베르의 모습은 보이지 않고 샤토 르노와 보샹이 그들을 맞았다. 결투 입회인들이었다. 벌써 8시 5분이 되었다. 그때 마차가 한 대가 오는 것이 보였다. 그런데 마차에서 내리는 것은 알베르가 아니라 프란츠와 드브레였다.

두 청년이 마차에서 내려 걸어오자 샤토 르노가 물었다.

"여긴 웬일인가?"

"알베르가 여기서 보자고 통보를 보냈어."

"그래? 그런데 이 친구는 왜 안 오는 거지?"

그때였다. 말을 타고 달려오는 알베르의 모습이 보였다. 결투하러 오면서 마차가 아니라 말을 타고 오다니, 모두들 이상하다고 생각했다. 게다가 넥타이에 조끼까지 입고 있었다. 아무리 보아도 결투 복장이 아니었다.

얼마 후 알베르가 가까이 왔다. 얼굴빛은 창백하고 눈은 벌겋게 부어 있었다. 밤새 한숨도 못 잔 것이 분명했다. 얼굴에는 침통한 빛이 어려 있었다.

그는 모두들에게 와주어서 고맙다고 인사했다. 보샹이 마차에서 권총 상자를 꺼내러 갔다. 그때 알베르가 모렐에게 말했다.

"여러분 모두 계신 데서 제가 몽테크리스토 백작에게 드릴 말씀이 있습니다."

모렐이 백작에게 가서 전하자 백작이 엠마뉘엘과 함께 앞으로 걸어왔다. 그의 얼굴 표정은 더없이 평온했다. 그가 가까이 오자 알베르가 입을 열었다.

"여러분, 지금부터 제가 하는 이야기를 한 마디도 흘려보내지 말기 바랍니다. 바로 몽테크리스토 백작님께 드리는 말씀입니다. 이상한 이야기인지 모르지만 끝까지 들어주시기 바랍니다."

"들어봅시다"라고 백작이 말했다.

"저는 제 아버지의 죄를 폭로한 백작님을 원망하고 비난했습니다. 사소한 원한이나 이권 때문에 한 행동이라고 생각했습니다. 그리고 그에게는 아버지를 벌할 권리가 없다고 생각했습니다. 하지만 저는 오늘 깨달았습니다. 백작님께는 그런 권리가 있습니다. 저는 오늘 백작님께 사과드립니다. 페르낭 몬데고가 알리 파샤를 배반한 것에 대해 사과드리는 것이 아닙니다. 어부 페르낭이 당신을 배반한 것에 대해, 그로 인해 당신이 상상조차 힘든 불행을 겪게 된 데 대해 사과드립니다. 여러분, 저는 여러분이 모두 계신 앞에서 자신 있게 큰 소리로 말합니다. 백작님, 백작임이 저의 아버지에 대해 행한 복수는 정당한 것이었습니다. 당연한 처사였습니다. 그 정도로 그쳐 주신 데 대해 오히려 감사의 말씀을 드리고 싶습니다. 저 같으면 더 잔인하게 복수했을 것입니다."

이 뜻하지 않은 장면에 모두 벼락이라도 맞은 듯 충격을 받았다.

몽테크리스토 백작은 고개를 들어 하늘을 우러러보았다. 그 얼굴에는 무한한 감사의 표정이 떠올라 있었다. 그는 속으로 감탄했다.

'오, 지난날 로마의 무시무시한 산적들 틈에서도 그토록 담대하던 친구인데! 지하 무덤에서 태연하게 잠을 자던 친구인데! 그런 친구가 어찌 저렇게 겸손해질 수 있단 말인가!'

그렇다! 메르세데스는 알베르를 너무 잘 알고 있었기에, 백작이 그의 총에 쓰러지지 않으리라는 것을 미리 알 수 있었던 것이다.

알베르는 말을 이었다.

"백작님, 제가 사죄드린 것만으로 충분하지 않겠지만, 저를 용서해주신다면 제 손을 잡아주십시오. 저는 한 인간으로 행동해 왔습니다. 백작님은 신의 뜻에 따라 행동해오셨습니다. 그런 우리 둘의 목숨을 천사께서 구해주셨습니다. 오로지 천사만이 할 수 있는 일을 해주신 겁니다. 그 천사께서 간절히 원하십니다. 우리가 비록 친구는 될 수 없더라도 서로 존중해주는 사이가 되기를! 우리를 그런 사이로 만들어주기 위해 그분이 하늘에서 내려오신 것입니다."

백작은 눈시울을 붉히며 알베르에게 손을 내밀었다. 모든 사람들은 백작의 그런 얼굴을 처음 보았다. 알베르는 그 손을 잡더니 힘껏 움켜쥐었다.

친구들은 도대체 하룻밤 사이에 무슨 일이 일어났는지 궁금할 뿐이었다. 몽테크리스토 백작은 잠시 고개를 숙이고 지난 세월을 회상했다. 그리고 아들의 목숨을 구해달라고 찾아왔던 메르세데스를 떠올렸다. 그녀는 내가 그녀의 아들을 위해 목숨을 희생하겠다는 소리를 들은 후, 이번에는 내 목숨을 구하기 위해 무서운 가문의 비밀을 자식에게 말해준 것이다.

그 고백으로 인해 아버지에 대한 자식의 정이 영원히 사라질 것을 알고도 그 사실을 말해준 것이다.

백작은 중얼거렸다.

"모든 것이 신의 섭리로다!"

15분 후 알베르는 엘데 가의 저택에 이르렀다. 말에서 내리며 위를 보니 아버지 침실 커튼 너머로 창백한 아버지 얼굴이 흘낏 보였다. 그는 한숨을 내쉬며 자기 방으로 들어간 후 제일 먼저 어머니 초상화를 액자에서 빼내어 둘둘 말았다. 그런 후 그는 장과 서랍들을 모두 정리했다. 정리가 끝났을 때 안뜰에서 말발굽 소리와 마차 바퀴 소리가 났다. 그는 창가로 가보았다. 마차에 오르는 아버지의 모습이 보였다.

모르세르 백작이 밖으로 나가자 알베르는 어머니 방으로 갔다. 이심전심이란 이런 것을 두고 하는 말일까, 어머니도 방금 아들이 그랬듯이 모든 것들을 정리하고 있었다. 알베르는 "어머니!"라고 외치며 어머니의 목을 얼싸안았다.

"어머니, 저는 떠나더라도 어머니는 이러시면 안 돼요."

"알베르, 나도 떠나겠다. 실은 네가 함께 가주었으면 하는 생각이었다. 내 생각이 잘못된 거니?"

"어머니, 어머니는 제가 선택한 운명을 따르시면 안 돼요. 저는 이제부터 아무것도 지닌 게 없는 삶을 살게 될 겁니다. 이름도 돈도 모두 버릴 겁니다. 저는 오늘부터 과거와는 완전히 결별할 겁니다. 제 과거로부터는 아무것도 받아들이지 않을 겁니다. 저는 폐허 위에 새로운 제 운명을 세우겠습니다. 돈은 한 푼도 안 가지고 떠날 것이며 제 힘으로 돈을 벌어 생활할 겁니다."

"알베르, 내가 좀 더 강했더라면 네게 권하고 싶던 일이기도 하구나. 아무 소리 말고 같이 가자."

알베르는 곧 한길로 가서 마차를 잡아타고 다시 집으로 돌아왔다. 알베르가 마차에서 내리려는데 한 사나이가 다가왔다. 베르투치오였다. 그가 백작이 보내는 것이라며 편지를 내밀었다. 알베르는 편지를 받아 읽었다.

다 읽고 난 알베르는 눈물을 흘리며 메르세데스의 방으로 들어가 아무 말 없이 편지를 내밀었다. 메르세데스는 편지를 읽었다.

알베르 씨,

나는 당신이 자기 자신을 포기하려 한다는 것을 잘 알고 있습니다. 이제 당신은 진정으로 자유로운 몸이 된 것입니다. 당신은 부친을 떠나 어머니와 길을 떠나려 하십니다. 그러나 알베르 씨, 잘 생각해야 합니다. 인생과 싸우는 것은 당신만으로 족합니다. 거기에 따르는 고통도 당신만이 겪는 게 옳습니다. 그 고난을 어머니도 겪게 하지 마십시오. 어머니는 편하게 지내셔야 합니다. 어머니는 지금 자신에게는 아무런 책임도 없는 고통을 겪고 있기 때문입니다.

두 분은 지금 빈 손으로 엘데가를 떠나려 하지요?

알베르 씨, 내 말을 들어보십시오.

지금으로부터 24년 전, 항해에서 돌아오는 내 가슴은 기쁨으로 부풀어 있었습니다. 무엇보다 사랑하는 약혼자가 있었기 때문입니다. 나는 그 청순한 처녀를 열렬히 사랑하고 있었습니다. 나는 내가 바다에서 힘들여 번 돈 1,000프랑을 가지고 돌아왔지요. 그 돈을 사랑하는 여자에게 줄 작정이었습니다.

나는 그 돈을 아버지가 살고 계시던 멜랑가의 조그만 집 뒤뜰에 묻었습니다. 알베르 씨, 그 돈은 여전히 그곳에 묻혀 있습니다. 내가 사랑하던 여자를 위해 묻어두었던 그 돈이 세월이 이렇게 지난 다음에 같은 목적으로 쓰이게 된 것입니다. 알베르 씨, 당신은 마음이 넓은 사람입니다. 당신의 확고한 결심을 나는 잘 알고 있습니다. 하지만 제발 내 마음을 이해하고 그것만은 거절하지 말아주십시오.

어머니가 편지를 읽고 나자 알베르는 아무 말 없이 어머니의 결정을 기다렸다. 마침내 메르세데스가 말했다.

"그래, 그 돈은 받겠다. 그분에게는 그럴 권리가 있어. 내가 수도원에 들어갈 입회금은 그이만이 치러줄 수 있어."

메르세데스는 가만히 편지를 가슴에 대었다. 이윽고 자리에서 일어난 어머니는 아들의 팔을 잡고 계단을 향해 힘찬 걸음을 내디뎠다.

한편 몽테크리스토 백작은 뜻밖의 방문을 받았다. 모르세르 백작, 그러니까 페르낭 몬데고가 그를 찾아온 것이다. 사실 독자들에게는 뜻밖의 방문이었지만 몽테크리스토 백작은 어느 정도 예상하고 있었다. 모르세르는 아들이 죽지 않고 돌아왔으니 결투에서 이긴 걸로 생각하고 기뻐했다. 그는 아들이 승리했다는 소식을 전하기를 기다렸다. 그러나 허사였다. 그는 잠시 후에 들어온 하인에게서 모든 것을 보고 받고는 샹젤리제가로 찾아온 것이다.

몽테크리스토 백작이 응접실로 가니 모르세르는 방 안을 왔다갔다 하고 있다가 그를 맞았다. 몽테크리스토 백작을 보자 장군이 물었다.

"오늘 아침 제 아들과 결투를 하셨다지요? 제 아들에게는 당신을 죽일 만한 충분한 이유가 있었던 걸로 아는데요."

"그럴지도 모르지요. 그런데 저를 죽이지 않았을 뿐 아니라 아예 결투도 하지 않았습니다. 오히려 사과를 하더군요."

"에이, 비겁한 놈! 아버지 원수를 앞에 두고도 칼을 뽑지 않다니!"

"모르세르 씨! 지금 당신의 가정사를 내게 들려주려고 여기 오신 건가요?"

"맞소. 당신을 증오한다고 말하러 온 거요. 내 아들이 당신과 결투하려 하지 않으니 우리끼리라도 결투하지 않을 수 없다는 걸 말하러 온 거요."

"좋습니다. 난 장군이 이렇게 찾아올 줄 이미 알고 있었지요."

"그럼, 준비가 다 되어 있겠군요. 우리 둘 중 한 명이 목숨을 잃을 때까지 싸우는 겁니다. 자, 갑시다. 입회인도 필요 없소."

"하긴 입회인이 필요 없겠군요. 우린 이미 서로 잘 아는 사이니까."

"무슨 소리를! 우리가 서로 모르는 사이니까 입회인이 필요 없다는 건데!"

"내가 장군을 얼마나 잘 아는지 얘기해볼까요? 당신은 워털루 전쟁 전날 탈영한 페르낭이라는 군인이 아닌가요? 스페인에서는 첩자 노릇을 했던 페르낭 중위였지요? 그리스에서는 은인인 알리를 배반하고 적에게 팔아넘긴 페르낭 대령이 아닌가요? 이 모든 업적을 다 합해서 지금은 육군 중장이자 프랑스 귀족인 모르세르 백작이 되신 게 아닌가요?"

백작은 쇠뭉치로 얻어맞은 듯 신음했다. 그러나 곧 정신을 차리고 반격했다.

"이, 천하에 악당 같으니라고! 내 목숨을 빼앗는 것으로 부족해서 내 수치를 샅샅이 들춰내다니! 그래도 나는 너보다 낫다. 비록 수치스러울망정 내 과거를 부정하지는 않으니까. 하지만 너는 겉만 번지르르한 채 어둠 속에 숨어 있지! 넌 지금 파리에서 자칭 몽테크리스토 백작 행세를 하고 있지. 이탈리아에서는 신드바드 행세를 했고 그 외에 이런저런 행세를 하고 있지. 왜 비겁하게 자신을 그렇게 감추는 거냐? 자, 이제 너의 정체를 밝혀라. 내 칼을 네 심장에 꽂으며 네 이름을 제대로 불러주마."

페르낭의 말을 듣고 있는 동안 백작의 얼굴이 무섭도록 창백해졌다. 그의 갈색 눈에 불꽃이 이글거렸다. 그는 홱 몸을 돌리더니 방 옆에 붙은 화장실로 달려갔다. 그리고 넥타이를 풀고 코트와 조끼를 벗고는 뱃사람들이 입은 윗도리를 입었다. 그는 머리에 선원들이 모자를 쓴 후 모자 밑으로 길고 검은 머리를 늘어뜨린 채 응접실로 돌아왔다.

그는 팔짱을 낀 채 장군 앞으로 걸어 나오더니 큰 소리로 외쳤다.

"페르낭! 내 이름이 너무 많다고? 하지만 너를 쓰러뜨릴 이름은 단 하나로 충분하다. 그 이름이 어떤 건지 기억하겠지?
자, 내 얼굴을 똑똑히 보아라. 네게 복수할 수 있다는 기쁨으
로 그동안의 괴로움이 다 지워졌을 내 얼굴, 다시 옛날처럼 젊
어졌을 내 얼굴을 똑똑히 보아라!"

장군은 멍한 표정으로 아무 소리 못한 채 백작, 아니 에드
몽 당테스의 얼굴을 바라보고만 있었다. 무시무시한 망령을
눈앞에 두고 있는 사람의 모습 바로 그것이었다. 그는 비통한
목소리로 이 한마디 말밖에는 할 수 없었다.

"에드몽…… 당테스!"

그는 겨우 안뜰을 빠져나가 하인의 품에 쓰러지면서 기어
들어가는 소리로 중얼거렸다.

"집으로! 집으로!"

그는 마차를 타고 가면서 겨우 정신을 차렸다. 그는 집 근
처에서 마차를 세웠다. 집으로 가니 대문은 활짝 열려 있었고
마당 한가운데 합승마차가 서 있었다. 그는 눈이 휘둥그레졌
지만 누구에게도 물어볼 엄두가 나지 않아 그대로 자기 방을
향해 계단을 올라갔다.

사람 둘이 내려오고 있었다. 어머니를 부축하고 내려오는

아들 알베르였다. 그의 귀에 아들의 말이 울렸다.

"어머니, 기운을 내세요. 어서 이 집에서 나가요. 여긴 이제 우리 집도 뭐도 아니에요."

금세 아들의 말소리가 들리지 않게 되었고 멀어져가는 발걸음 소리만 들릴 뿐이었다. 장군은 아내와 아들 모두에게 동시에 버림받은 가엾은 남편이자 아버지가 되었다. 그는 울음이 터져 나오는 것을 간신히 참았다. 잠시 후 마차 바퀴가 대문 포석 위를 구르는 소리가 들렸다. 그와 함께 총소리가 한 방 울렸다. 장군의 침실 유리창으로는 시커먼 연기가 새어나오고 있었다.

발랑틴의 죽음

　　　　막시밀리앙 모렐은 발랑틴을 만나러 가는 길이었다. 누아르티에 노인은 그가 1주일에 두 번 집을 방문할 수 있도록 허락해주었다.

　발랑틴은 모렐를 반갑게 맞아주었다. 그런데 발랑틴의 안색이 어딘가 안 좋았다. 모렐이 발랑틴에게 물었다.

　"어디가 아픈가요? 내가 보기에 한 보름 전부터 안색이 안 좋아 보여요."

　"아픈 건 아니에요. 좀 고단하고 식욕이 없을 뿐이에요. 할아버지 약을 매일 네 숟갈씩 먹고 있으니 좋아질 거예요. 할아버지께서 제 의사가 되어주신 거지요."

발랑틴은 밝게 웃었다. 그러나 모렐이 보기에 얼굴에 윤기가 없었고 진주처럼 희던 손도 노랗게 찌든 양파 같았다.

모렐은 노인에게로 시선을 돌렸다. 노인은 사랑스러운 눈길로 손녀를 바라보고 있었지만 약간은 걱정의 빛을 띠고 있었다. 노인도 손녀에게서 무언가 병의 흔적을 볼 수 있었던 것이다. 그 흔적은 너무나 미미해 보통 사람의 눈에는 드러나지 않았지만 사랑하는 사람들의 눈에는 역력히 드러났던 것이다.

막시밀리앙 모렐이 말했다.

"네 숟갈씩이나요? 그건 할아버지 약 아니에요? 너무 많이 마시는 거 아니에요?"

노인도 뭔가 물어보려는 것 같은 눈으로 손녀를 바라보았다. 손녀는 아무렇지도 않다는 듯 다른 말을 했다.

"괜찮아요. 그전에 미리 설탕물을 많이 마시거든요. 아까도 여기 오기 전에 설탕물을 마셨어요. 그런데 설탕물이 왜 그리 쓰던지 반밖에 못 마셨어요."

노인이 무슨 말인가 하고 싶다는 신호를 보냈다. 발랑틴이 사전을 찾으러 가려는데 마차 소리가 들렸다. 발랑틴이 밖을 내다보니 당글라르 부인과 그녀의 딸이 마차에서 내리는 것이 보였다. 발랑틴은 모렐에게 "저 대신 할아버지와 잠깐 계세요"라고 말한 후 손님들을 맞으러 나갔다.

발랑틴이 밖으로 나가자 노인이 신호로 모렐에게 사전을 가져오라고 했다. 10분이나 걸려 모렐이 겨우 해독해낸 노인의 말은 다음과 같은 것이었다.

"발랑틴의 방에 있는 컵과 물병을 찾아오라."

모렐은 벨을 눌러 하인을 불렀다. 바루아 대신 일을 하고 있는 하인이었다. 모렐이 노인의 뜻을 전하자 하인이 이내 컵과 물병을 가지고 돌아왔다. 컵과 물병은 비어 있었다.

노인이 물었다.

"왜 물병이 비어 있는 거지? 발랑틴이 반 컵밖에 안 마셨다고 했는데……."

모렐이 그 질문을 이해하는 데도 5분 이상이나 걸렸다.

잠시 후 발랑틴이 들어왔다.

"외제니가 곧 결혼하게 되어 있어, 그 소식을 전하려고 온 거예요. 어머니가 손님들을 맞고 있어요. 저는 몸에 열이 나고 힘이 들어 먼저 들어왔어요."

그런데 그 말을 마친 발랑틴이 갑자기 그 자리에서 쓰러졌다. 깜짝 놀란 모렐은 그녀를 안락의자에 앉혔다. 누아르티에 노인의 눈에 깊은 공포의 빛이 떠올랐다. 어서 사람을 부르라는 노인의 뜻을 알아차린 모렐이 초인종을 잡아당겼다. 발랑틴의 방에 있던 하녀와 바루아 대신 채용된 하인이 달려왔다. 그들은 발랑틴의 얼굴이 창백해진 채 기절해 있는 것을 보자 '사람 살려!'라고 소리를 지르며 밖으로 뛰쳐나갔다.

서재에 있던 빌포르 씨가 비명소리를 들었다. 그가 "무슨 일이냐?"고 소리치며 서재에서 나왔다. 모렐은 노인의 눈짓에 따라 곁에 딸린 조그만 방으로 몸을 숨겼다.

빌포르는 황급히 방 안으로 들어오더니 기절해 있는 딸을 두 팔로 안았다. 그는 의사를 부르라고 소리치더니 "아니, 내가 직접 가지"라고 말하며 방을 뛰쳐나갔다. 그사이 모렐도 방에서 뛰쳐나왔다. 그의 머리에는 무슨 일이건 자기가 필요한 일이 생기면 언제고 찾아오라고 한 몽테크리스토 백작밖에는 떠오르지 않았다. 그는 허겁지겁 백작의 집으로 뛰어갔다.

잠시 후 빌포르와 다브리니 의사를 태운 마차가 집에 도착했다. 이번에 쓰러진 것이 자기가 의심했던 발랑틴이라는 소리를 듣고 의사는 너무 놀라서 마차에 올랐다.

그들이 빌포르의 집에 도착한 바로 그 시각, 모렐은 몽테크리스토 백작의 문을 두드렸다. 백작은 서재에서 베르투치오가 급히 가져온 편지를 근심스럽게 읽고 있었다. 불과 두 시간 전에 헤어진 모렐이 다시 찾아왔다는 소리에 백작은 급히 책상 앞에서 일어났다.

　청년이 들어섰다. 불과 두 시간 전만 해도 미소를 띠고 떠났던 모렐의 얼굴이 일그러져 있었다.

　백작이 물었다.

　"무슨 일이오, 막시밀리앙? 무슨 급한 일이 있습니까?"

　"전 지금 죽음의 그림자가 서린 집에서 곧장 달려오는 길입니다."

　"그렇다면 모르세르 씨 댁에서 오는 길입니까?"

　"왜, 그 집에서 누가 죽었습니까?"

　"모르세르 장군이 방금 권총으로 자살을 했다고 하오."

　"저런! 부인과 아들이 정말 안 됐습니다."

　"그래요. 그건 그렇다 치고 아까 하던 이야기를 계속해보시오. 이렇게 뛰어온 걸 보니 분명히 내 도움이 필요한 모양이던데……."

"맞습니다. 백작님 도움이 필요합니다. 백작님이라면 도와주실 수 있다고 믿고 이렇게 뛰어왔습니다."

"글쎄, 어서 말해보라니까요."

"백작님, 그럼 백작님을 믿고 제 가슴속 비밀을 털어놓겠습니다. 그 전에, 백작님께서도 잘 아시는 집에 바티스탱을 보내 어떤 사람의 안부를 좀 물어봐주시겠습니까?"

"좋도록 해요. 당신을 위해 못 할 게 뭐 있겠소."

백작의 허락을 받자 모렐은 밖으로 나가 바티스탱을 불렀다. 바티스탱이 오자 그는 낮은 목소리로 뭔가 속삭였고 바티스탱은 곧바로 밖으로 달려 나갔다.

다시 백작 앞으로 온 모렐이 말했다.

"한 달 안에 두 명의 사람이 죽은 집 이야기입니다. 저는 그 집 주인과 의사가 하는 이야기를 들었습니다. 자연사가 아니라 독살이라는 겁니다. 그런데 얼마 전에 세 번째로 사람이 또 죽었고 방금 네 번째로 또 사람이 쓰러졌습니다."

"모렐 씨, 당신 말을 들으니 어느 집 이야기인지 알겠군요. 그 집에 찾아든 불행이 신의 심판이건 복수에 의한 것이건 모른 척하세요."

백작의 말에 모렐은 몸이 오싹해졌다. 평소의 백작의 어조와는 달리 무언가 엄숙하면서도 섬뜩한 것이 느껴졌기 때문이다.

청년은 소리쳤다.

"아아, 지금 그런 일이 또 일어나고 있어요. 그래서 제게 이렇게 급히 뛰어온 겁니다."

그러나 백작은 아주 냉정하게 되물었다.

"그래 내가 어떻게 해드렸으면 좋겠소? 검사에게 가서 그 이야기를 해달란 말인가요? 난 그 집에서 벌어진 일을 다 알고 있어요. 그들이 모두 영원히 잠 들더라도 그냥 잠자게 내버려둬요. 당신이 나설 게 못 돼요. 석 달 전에 생 메랑 후작이었고 두 달 전에는 그 부인, 얼마 전에 바루아였으니 이번에는 누아르티에 아니면 발랑틴 순서이겠군요."

백작의 입에서 발랑틴의 이름이 나오자 모렐이 괴로운 신음을 내뱉으며 말했다.

"아아, 저는, 저는, 그녀를 사랑하고 있단 말입니다."

백작은 벌떡 일어나 그의 두 팔을 잡았다.

"사랑하다니, 누굴?"

"그래요, 발랑틴을 사랑합니다. 죽도록 사랑한단 말입니다. 미칠 듯이 사랑해요! 그녀의 눈물 한 방울 한 방울을 제 온몸의 피와 바꾸고 싶을 정도로 사랑해요. 그런 그녀가 지금 독살당하고 있단 말입니다. 백작님, 백작님은 하느님 같은 분입니다. 그런 분께 제가 지금 간청하고 있는 겁니다. 그녀를 구해낼 방법을 가르쳐달라고 애원하고 있는 겁니다."

순간 백작은 마치 사자처럼 울부짖었다.

"아, 가엾은 막시밀리앙! 하필이며 왜 발랑틴을! 그 저주받은 집안의 딸을!"

막시밀리앙은 백작의 표정을 보고 움찔 뒤로 물러났다. 전에는 그에게서 결코 볼 수 없던 표정이었다. 백작의 두 눈이 이글이글 타오르고 있었다.

백작은 눈을 감았다. 그리고 엄청난 의지력으로 정신을 가다듬었다. 그러자 폭풍우처럼 일었던 마음의 동요가 차츰 가라앉기 시작했다. 침묵과 명상이 약 20초가량 이어졌다.

이윽고 백작이 입을 열었다.
"신은 오만의 죄를 저지른 자들을 가차 없이 응징하는 법이오. 나는 인간이 저지르는 죄악을 그늘 뒤에 숨어서 비웃고 있었소. 그들이 받는 벌을 구경만 하고 있었소. 그런데 그 죄악이라는 뱀에 내가 물린 기분이오.

하지만 결심했소. 당신을 도울 거요. 그렇게 한탄만 하지 말고 희망을 가지시오. 내가 보살펴줄 테니. 난 절대로 거짓말을 하지 않소. 지금이 정오이지요. 지금까지 발랑틴 양이 목숨을 잃지 않았다면 그 여자는 분명히 죽지 않을 겁니다. 이제 조용히 집으로 돌아가시오. 공연히 이런저런 일 저지르지 말고 모든 걸 내게 맡기시오. 내겐 그럴 능력이 있소."

백작은 미소를 띠고 모렐을 바라보았다. 다정하면서도 어딘가 쓸쓸함이 감도는 미소였다. 모렐은 백작의 비상한 힘에 압도되었다. 그는 아무 말도 하지 못한 채 백작의 두 손을 꼭 잡더니 조용히 밖으로 물러나왔다. 잠시 후 심부름을 갔던 바티스탱이 돌아와 발랑틴이 쓰러지긴 했지만 아직 죽지는 않았다고 백작에게 보고했다.

빌포르와 다브리니가 부랴부랴 집에 도착했을 때 발랑틴은 아직 정신을 차리지 못하고 있었다. 의사는 면밀하게 환자를 검진했다. 모두 초조하게 의사를 지켜보았다.

이윽고 다브리니가 입을 열었다.

"아직은 살아 있습니다."

그때 의사는 누아르티에 노인과 눈이 마주쳤다. 노인의 눈이 뭔가 간절히 말하고 싶어 하는 것 같았다. 의사는 빌포르에게 말했다.

"빌포르 씨, 발랑틴 양의 하녀를 불러주십시오."

빌포르가 밖으로 나가자마자 의사가 노인에게 물었다.

"뭔가 제게 하시고 싶은 말씀이라도 있으십니까?"

노인이 의미심장하게 눈을 껌뻑거렸다.

"발랑틴 양의 병에 대해 뭔가 알고 계신단 말씀이신가요?"

"그렇소."

"자, 시간이 없습니다. 제가 묻는 데 대해 그렇다, 아니다, 로 대답해주십시오. 노인께서는 바루아가 어떻게 죽었는지 아십니까?"

"그렇소."

"발랑틴 양도 같은 독을 먹은 것 같다고 생각하십니까?"

"그렇소."

"그럼 발랑틴 양도 죽겠군요."

"아니오."

"독약을 먹었는데 어떻게 죽지 않을 수 있지요?"

노인의 눈이 어딘가를 집요하게 바라보고 있었다. 의사는 그의 시선이 매일 아침 노인에게 갖다주는 물약 병에 가 있다는 것을 알았다. 의사는 단번에 알아차렸다.

"그러니까 노인장께서는 발랑틴 양에게 저 물약을……. 면역성을 키워주려고 조금씩, 조금씩……."

"그렇소."

"그렇군요. 안 그랬으면 발랑틴 양은 벌써 죽었을 겁니다. 발작이 그렇게 심했는데도 저 정도로 끝난 건 그 덕분입니다. 적어도 이번 독으로는 죽지 않을 겁니다."

잠시 후 빌포르 부부와 하녀가 왔다. 의사는 하녀에게 발랑틴을 그녀의 방 침대에 눕히라고 했다. 빌포르 부인과 하녀가 그녀를 옮겨 눕혔다. 발랑틴은 의식을 회복했지만 손발을 움직일 수 없는 상태였다. 의사는 빌포르와 함께 발랑틴의 방으로 갔다.

의사가 빌포르와 함께 발랑틴의 방으로 간 바로 그 시각,

빌포르 바로 옆집에 신부 한 사람이 찾아왔다. 그 집에 세를 얻으러 온 것이었다. 어떤 교섭이 있었는지 모르지만 그 집에 살고 있던 세 가구가 두 시간 후에 모두 이사를 했다. 그리고 즉시 인부들이 와서 그 집을 수리하는 것을 사람들이 볼 수 있었다. 그의 이름은 부소니 신부였다.

발랑틴은 좀체 빨리 회복되지 않았다. 그녀는 여전히 침대에 누워 있었다. 누아르티에 노인은 손녀 방으로 자기를 옮기게 했다. 그리고 하루 종일 자상한 눈길로 손녀를 지켜봐주었다. 빌포르도 퇴근하면 둘 사이에 자리를 잡고 앉아 늘 한두 시간을 딸과 함께 있었다.

그런 후 6시쯤 빌포르는 서재로 돌아갔으며, 8시에는 다브리니 씨가 조제한 물약을 손수 갖고 와서 딸에게 먹였다. 그것을 보고 나서 누아르티에 노인은 다시 자기 방으로 옮겨졌고 그 이후 발랑틴이 잠들 때까지는 다브리니 씨가 직접 고른 간호사가 그녀를 돌보았다. 간호사는 발랑틴이 잠든 후에 돌아갔는데 대개 10시나 11시쯤이었다. 간호사는 문을 잠그고 아래층으로 내려가면서 열쇠를 빌포르 씨에게 맡기고 갔다. 그

후로는 발랑틴의 방으로 들어가려면 반드시 빌포르 부인과 에두아르가 함께 있는 방을 거쳐야만 했다.

모렐은 점차 걱정에서 벗어났다. 발랑틴이 조금씩이나마 병세가 나아지고 있었기 때문이다. 게다가 몽테크리스토 백작이, 만약 발랑틴이 두 시간 내에 죽지 않으면 살아날 것이라고 말했으니 안심이 되었다. 그녀는 벌써 나흘이나 살아 있지 않은가!

밤에 혼자 남은 발랑틴은 간간이 신경성 흥분 증세에 빠지곤 했다. 그럴 때면 마치 한 무리의 유령들이 그녀의 눈앞에 나타난 것처럼 보이기도 했다. 때로는 계모가 무서운 얼굴로 서 있는 것 같기도 했고 모렐이 두 팔을 벌리고 다가오고 있는 것 같기도 했다. 가구들도 다 움직이며 떠다니는 것 같기도 했다. 그렇게 열에 들떠 있는 상태가 때로는 새벽 2~3시까지 계속되었다.

어느 날, 간호사가 방을 나간 지 10분쯤 지났을 때였다. 발랑틴은 언제나처럼 오한에 떨고 있었다. 그렇게 오한에 떨게 되면 머릿속으로는 끊임없이 환상 같은 것이 떠돌고 있었다.

램프 불빛이 가늘게 떨리며 켜 있었다. 발랑틴은 램프 불빛을 받고 있는 벽난로 옆 책장 사이가 가만히 벌어지는 것을 본 것 같았다. 평소였다면 그녀는 끈을 잡아당겨 벨을 울렸을 것이다. 하지만 그녀는 그것이 늘 눈앞에 나타나곤 하는 환영이라고 생각했다. 새벽이 오면 흔적 없이 사라질 유령 같은 것이라고 생각했다.

그런데 책장 뒤에 사람 얼굴이 하나 나타났다. 하지만 그녀는 전혀 놀라지 않았다. 막시밀리앙 모렐의 얼굴이라면 좋겠다는 한가한 생각까지 했다.

그 그림자는 발랑틴이 누워 있는 침대를 향해 다가오더니 주의 깊게 귀를 기울였다. 발랑틴은 이런 환영을 없애려면 물약을 마시는 게 제일 좋은 방법이라고 생각하고 팔을 뻗었다. 발랑틴은 탁자 위에 놓인 컵을 잡으려고 팔을 뻗었다. 그러자 그 유령이 그녀의 팔을 잡았다. 발랑틴은 그제야 그것이 유령이 아님을 깨달았다. 자기가 잠자면서 꿈을 꾸는 것이 아니라 생생하게 깨어 있다는 것을 깨달았다. 몸이 오싹해왔다.

그 유령 같은 사람은 컵에서 물약을 한 스푼 따르더니 맛을 보았다. 그러더니 발랑틴에게 자기가 가져온 다른 컵을 내밀며 부드럽게 말했다.

"자, 이걸 마시도록 해요."

발랑틴은 놀라 소리를 지르려 했다. 그러자 그 사내가 조용히 발랑틴의 입술에 손가락을 갖다 댔다. 그의 얼굴을 보고 발랑틴은 낮게 중얼거렸다.

"아, 몽테크리스토 백작님!"

백작이 말했다.

"쉿, 소리를 지르지 말아요. 조금도 불안해하지 말고 의심일랑 떨쳐 버려요. 지금 당신 눈앞에 서 있는 사람은 당신의 가장 다정한 친구이며 어버이 같은 사람이오. 나는 나흘 동안 한숨도 자지 못하고 당신을 지켜보았소. 책장 뒤에 문이 있고 그 문은 옆집으로 통하오. 나는 매일 밤, 저 문 뒤에 숨어 있었소. 우리의 친구 막시밀리앙을 위해 당신을 지키기 위해서였다오."

그의 입에서 막시밀리앙의 이름이 나오자 그녀를 감싸고 있던 의혹이 대번에 사라졌다.

"오, 막시밀리앙, 그럼, 그이가 모든 걸 다 고백했나요?"

"그렇소. 당신 목숨이 자기 목숨보다 소중하다고 했소. 그래서 내가 당신을 살려내겠다고 약속한 거요."

"날 살리겠다고 약속하셨다고요? 그렇다면, 당신은 의사인가요?"

"그렇소, 지금은 하느님이 당신에게 보내신, 가장 훌륭한 의사인 셈이오."

"오오, 밤을 새우고 저를 지켜보셨다고요?"

"그렇소. 당신에게 가져오는 식사와 음료를 모두 지켜보았소. 의심 가는 음료가 들어오면 몰래 들어와서 독약을 버리고 보약이 될 음료를 넣곤 했소."

"독약이라니요? 그게 무슨 말씀이세요?"

백작이 입에 손가락을 갖다 댔다.

"쉿! 그렇소, 독약이요. 누군가 당신을 죽이려 하고 있소. 자, 이걸 마시고 오늘 밤에는 아무것도 마시지 말아요."

백작은 주머니에서 약병을 꺼낸 후 그 안에 들어 있던 빨간 액체를 몇 방울 컵에 따랐다.

발랑틴은 처음에는 망설였다. 이윽고 결심한 듯, 컵을 들고 단숨에 마셨다.

백작이 말했다.

"내가 저 뒤에서 얼마나 조마조마했는지 아시오? 당신이

독이 들어 있는 약을 마시면 어쩌나 하고 얼마나 불안해했는지 아시오?"

"그렇다면 내 컵 속에 독 넣는 사람을 보셨단 말씀이세요?"

"보았소."

"아아, 그럴 리 없어요. 여긴 내 아버지 집인데! 이건 내 방인데! 오오, 나를 독살하려는 사람이 이 집 안에 있다니! 아니에요, 당신은 거짓말을 하고 있어요."

"당신이 처음이 아니오. 당신은 생 메랑 후작 부부와 바루아가 쓰러지는 것을 보지 못했단 말이오? 그들이 그렇게 갑자기 죽을 만한 병을 앓고 있었던가요? 누아르티에 노인도 3년 동안 면역을 키워왔기에 무사한 거요."

"아, 할아버지께서 제게 억지로 할아버지 약을 조금씩 먹인 건 그 때문이었군요."

"아, 그렇구나! 이제야 알겠소. 처음에는 나도 당신이 그 독약을 먹고 죽지 않은 것이 이상했소. 이제야 그 이유를 알겠군요."

"그런데, 나를 죽이려는 사람이 도대체 누구예요?"

"금방 알게 될 거요. 오늘 밤은 당신 정신이 말짱할 것이오.

이제 밤 12시가 다 되었군. 살인자가 나타날 시간이오. 발랑틴 양, 단단히 각오해야 하오. 절대로 꿈쩍하지 말고 자는 척해야 하오. 안 그러면 내가 달려 나오기도 전에 당신이 죽을 수도 있으니.”

백작은 이런 무서운 명령을 한 후 책장 뒤에 숨겨진 문 뒤로 몸을 숨겼다.

백작이 나간 후에 발랑틴은 잠을 이룰 수 없었다. 너무 마음이 착한 그녀는 누군가 자기를 죽이려 한다는 것을 믿기 어려웠다. 아아, 그러나 누군가가 자기를 죽이려 했고 지금도 죽이려 한다는 것은 너무나 확실했다. 그녀는 너무나 무서웠다. 하지만 책장 뒤에서 백작의 빛나는 눈이 자기를 지키고 있다는 생각에 그 무서움을 떨쳐냈다.

말할 수 없이 기나긴 한 시간이 지나갔다. 벽시계가 땡 하고 1시를 쳤다. 발랑틴에게는 그 소리가 백작이 지켜보고 있다는 신호로만 여겨졌다.

책장 반대쪽, 그러니까 에두아르의 방 쪽에서 마룻바닥이 삐걱거리는 소리가 들리는 것 같았다. 발랑틴은 숨을 죽이고 귀를 기울였다. 곧이어 방문 손잡이 돌리는 소리가 들리더니 문이 살며시 열렸다. 발랑틴은 이불을 끌어당긴 후 팔로 눈을 가렸다. 아무리 백작이 지켜보고 있다고 생각해도 두려움이 가시지 않았다. 그녀는 온몸을 오들오들 떨었다. 그사이 누군 가가 침대 가까이 온 것이 느껴졌다. 발랑틴은 온 정신을 모아 자는 척 숨소리를 고르게 했다.

그때 "발랑틴!" 하고 부르는 아주 낮은 목소리가 귓가에 울 렸다. 소녀는 가슴이 떨려왔지만 아무 대답도 하지 않았다. 이 윽고 컵에 물약을 따르는 소리가 들렸다. 발랑틴은 용기를 내 서 실눈을 살포시 떠보았다. 하얀 실내복을 입은 여인이 병을 들고 컵에 액체를 따르는 모습이 희미하게 보였다. 발랑틴은 하마터면 소리를 지를 뻔했다. 그 여인은 다름 아닌 빌포르 부 인이었던 것이다.

발랑틴이 자기도 모르게 잠깐 움찔했던 것 같았다. 침대가 약간 움직였다. 빌포르 부인은 재빠르게 벽에 몸을 착 붙였다. 그러고는 커튼 뒤에 몸을 숨기고는 발랑틴을 살펴보았다. 발 랑틴은 백작이 해준 무시무시한 말이 떠올랐다. 발랑틴은 온 힘을 다해 눈을 감으려고 애썼다. 부인의 한 손에 가느다란 단도가 번쩍이는 것 같았다. 발랑틴은 고른 숨소리를 냈다. 부인은 발랑틴이 깊이 잠 들었다고 안심한 모양이었다. 그녀는 커튼 뒤에 반쯤 몸을 숨긴 채 발랑틴의 컵에 남은 액체를 다 부은 후 소리 없이 방에서 나갔다.

발랑틴은 거의 실신할 지경이었다. 순간 책장 쪽의 문이 소리 없이 열리면서 몽테크리스토 백작이 나타났다.

"어떻소, 보았지요? 당신이 지금까지 무사한 건, 할아버지가 미리 독약에 면역력을 키워주셨기 때문이오. 하지만 독약을 바꾸거나 양을 늘리면 그 면역력도 효력이 없어지오."

그는 컵을 들어 그 속에 입술을 담가보았다.

"흠, 벌써 다른 독을 쓰기 시작했군. 이건 나르코틴이야. 만일 이걸 마셨더라면 당신은 죽었을 거요."

"오오, 새엄마가! 그런데 왜 나를 죽이려는 거지요?"

"아니, 아직도 그걸 모른단 말이오? 발랑틴 양, 당신은 부자요. 당신에게 유산을 상속시키려고 생 메랑 부처를 죽였고, 누아르티에 노인이 당신을 상속인으로 정하자마자 노인을 죽이려 한 것도 마찬가지요. 당신이 죽으면 당신 아버지가 당신 재산을 물려받게 되고 결국 외아들인 당신 동생에게 모든 재산이 돌아가게 되는 거지요."

"그럼 모두 에두아르, 그 애 때문에 일어난 일이군요."

"그렇소."

"아아, 제발 그 애에게는 죄에 대한 응징이 내리지 말아야 하는데……."

"발랑틴, 당신은 정말 천사 같은 사람이오. 어쨌든 이제 아무 걱정 말아요. 이제 내가 모든 걸 다 알았으니 우리가 이기게 되어 있소. 당신은 나를 믿고 모든 걸 내게 맡겨야 하오."

"무엇이든 말씀만 해주세요. 무슨 일이건 시키시는 대로 하겠어요."

"자, 앞으로 어떤 일이 일어나더라도 조금도 무서워할 것 없소. 혹시 보이지도 않고 들리지 않게 되더라도, 손발을 꼼짝할 수 없게 되더라도 아무 걱정 마시오. 당신이 어딘지도 모를 이상한 곳에서 깨어나게 된다 하더라도, 설사 그 곳이 관속이라 할지라도 절대 무서워할 것 없소. '나와 막시밀리앙의 행복을 바라는 사람이 나를 지켜주고 있어'라고 생각하시오."

백작은 소녀의 팔을 잡고 이불을 발랑틴의 목까지 덮어주며 인자한 미소를 띠고 말했다.

"자, 나를 믿어요. 하느님의 은총을 믿듯이……. 막시밀리앙의 사랑을 믿듯이."

발랑틴은 감사의 눈길을 백작에게 보냈다. 백작은 조끼 주머니에서 조그마한 갑을 하나 꺼냈다. 그는 그 뚜껑을 열고 발랑틴의 오른 손에 완두콩 알 크기의 알약을 하나 쥐어주었다. 발랑틴은 알약을 입에 넣고 삼켰다. 백작은 컵을 들어 물약을 4분의 3 정도 벽난로에 쏟아버린 후 다시 컵을 탁자 위에 놓았다. 발랑틴이 그 약물을 마신 것처럼 보이게 하기 위해서였다. 그런 후 다시 책장 뒤 문으로 사라졌다. 발랑틴은 천사처럼 평온한 얼굴로 잠들어 있었다.

얼마나 시간이 흘렀을까, 발랑틴의 방에는 정적만이 흐르고 있었다. 갑자기 에두아르의 방문이 사르르 열렸다. 빌포르 부인이었다. 그녀는 발랑틴의 컵이 비었는지 아닌지 확인하러 방 안으로 들어섰다. 컵 속에는 약간의 물약이 남아 있었다. 그녀는 남은 양의 물약을 벽난로 재속에 부어버렸다. 그런 후 그녀는 컵을 공들여 닦아놓았다. 부인은 몸을 굽혀 발랑틴을 내려다보았다. 숨도 쉬고 있지 않았으며 핏기 없는 얼굴에는 미동도 없었다. 그런 발랑틴을 꼼짝 않고 바라보는 부인의 얼굴에 온갖 표정이 다 떠오른 것 같았다. 미묘하다고 할 수밖에 없는 표정이었다. 그녀는 마음 단단히 먹고 이불을 벗긴 후 발랑틴의 가슴에 손을 대보았다. 심장은 멈춰 있었으며 몸은 싸늘하게 식어 있었다. 발랑틴이 죽은 것을 확인한 그녀는 소리 없이 에두아르의 방으로 사라졌다.

발랑틴이 죽은 것을 발견한 것은 간호사였다. 아침 8시 경 발랑틴이 너무 오래 잠들어 있는 것을 보고 이상하게 생각한 간호사가 방으로 들어와 그녀를 살펴보았을 때, 그녀는 이미 숨을 거둔 뒤였다. 간호사는 방을 뛰쳐나가면서 소리쳤다.

마침 의사 다브리니 씨가 진찰하러 오는 시간이었다. 간호사의 고함소리에 의사와 빌포르 검사가 발랑틴의 방으로 뛰어갔다. 이미 하인들이 발랑틴의 방에 모여들어 새파랗게 질린 얼굴들을 하고 있었다. 그들은 의사와 검사를 보는 순간 모두 저주의 말을 부르짖으며 달아나버렸다.

그 순간 가운을 반쯤 걸친 차림으로 빌포르 부인이 나타났다. 부인은 영문 모르겠다는 표정을 하고 방 안으로 들어섰다. 순간 그녀는 깜짝 놀랐다. 분명 컵의 물을 다 비웠는데, 그 속에 물이 남아 있는 게 아닌가? 그녀는 자신의 눈을 의심했다. 자기가 재 속에 던져버린 물과 같은 분량에 색도 그대로였다. 의사가 그 컵을 들었다. 그리고 그 맛을 보았다.

"이건 용담독이 아닌걸."

그러더니 그는 무언가 들어 있는 병을 가방에서 꺼냈다. 초산이 들어 있는 병이었다. 그는 그것을 발랑틴의 컵 속 액체 위에 몇 방울 떨어뜨렸다. 그런 후 의사는 모든 것을 알았다는 듯 고개를 끄덕였다.

빌포르 부인은 비틀거리면서 손으로 문을 더듬어 문 밖으로 나갔다. 잠시 후 무언가 마룻바닥에 쿵하고 쓰러지는 소리가 들렸다. 그러나 빌포르는 거기에 신경을 쓰지 않았다. 의사만이 빌포르 부인의 모습을 놓치지 않고 다 보고 있었다. 그는 커튼을 열어젖혔다. 에두아르의 방 저편에 부인이 쓰러져 있는 것이 보였다. 의사가 간호사에게 말했다.

"자, 가서 부인을 돌봐드려요. 몸이 편찮으신 모양이니."

"그럼 발랑틴은 어떻게 하고요?"

"소용없어. 발랑티 양은 죽었어."

"죽다니, 죽다니!" 빌포르가 고통에 찬 목소리로 부르짖었다.

발랑틴의 죽음

183

그때였다. 뜻밖의 목소리가 들렸다.

"죽어요? 죽다니요? 누가 발랑틴이 죽었다고 했지요?"

빌포르와 의사는 뒤를 돌아보았다. 문지방에 새파랗게 질린 한 남자의 모습이 보였다. 막시밀리앙 모렐이었다. 그가 이곳에 나타난 사정은 다음과 같다.

그는 언제나 그렇듯이 같은 시각에 누아르티에 노인의 처소로 통하는 작은 문을 들어섰다. 그런데 평소와 달리 문이 열린 채였다. 들어와서 하인을 부르니 아무 대답도 없었다. 이미 하인들이 집을 떠난 뒤였으니 당연했다. 그는 발랑틴 걱정은 전혀 하지 않고 있었다. 몽테크리스토 백작이 그녀를 살려주겠다는 약속을 했기 때문이다.

하인들이 아무도 나타나지 않자 그는 노인의 방으로 들어섰다. 그를 본 노인의 눈이 무언가 다급하게 말하고 있었다. "할아버님, 발랑틴에게 무슨 일이 일어난 건가요?"라고 막시밀리앙이 물었다. 노인의 눈이 그렇다고 대답했다. 그는 급히 발랑틴의 방으로 뛰어왔고 순간 "발랑틴 양은 죽었어" 하는 소리가 들려온 것이었다.

빌포르가 겨우 정신을 차리고 막시밀리앙에게 물었다.

"누구시죠? 모르는 사람이 함부로 들어오다니! 나가시오, 나가."

그러나 막시밀리앙은 꼼짝하지 않았다. 침대에 누워 있는 발랑틴의 파랗게 변한 얼굴에서 눈을 뗄 수 없었다.

"나가라고 하지 않았나! 내 말 안 들려?" 하고 빌포르는 큰 소리로 외쳤다. 다브리니 씨도 그를 쫓아내려고 가까이 왔다.

막시밀리앙은 입을 벌리고 뭔가 말을 하려 했으나 한마디도 입에서 나오지 않았다. 그러고는 머리칼을 쥐어뜯으며 밖으로 나왔다. 빌포르와 의사는 '웬 미친놈인가' 하는 눈짓을 서로 교환했다.

그가 나간 지 채 5분도 지나지 않아서였다. 계단에서 무언가 무거운 것이 올라오는 소리가 들렸다. 막시밀리앙이 누아르티에 노인을 의자에 앉힌 채 2층으로 데리고 오는 모습이 보였다. 거의 초인적인 힘이었다. 너무나 흥분해 있어서 평소보다 몇 배의 힘을 더 발휘할 수 있었다.

막시밀리앙이 손가락으로 발랑틴 쪽을 가리키며 노인에게 말했다.

"할아버지, 저걸 보세요!"

빌포르는 이 생면부지의 청년이 자기 아버지를 할아버지라고 부르는 것을 보고 깜짝 놀랐다. 노인의 눈은 시뻘겋게 충혈되어 있었고 목의 힘줄이 불끈 솟아나와 있었다. 온몸이 분노로 폭발할 것 같았다.

"할아버지, 제가 누군지, 왜 여기에 있는지 궁금해하고들 있어요. 제발 할아버지께서 설명해주세요."

노인의 눈에서 눈물이 나왔다. 노인은 눈을 지그시 감았다.

"할아버지, 말씀해주세요. 제가 발랑틴과 약혼한 사이라는 걸 말씀해주세요. 발랑틴이 이 세상 하나밖에 없는 제 사랑이라는 것을 말씀해주세요. 저 죽은 몸도 제 것이라고 말씀해주세요."

청년은 부들부들 떨리는 손으로 침대를 꽉 잡은 채, 마치 무언가 큰 힘에 짓눌린 것처럼 털썩 무릎을 꿇었다. 빌포르는 마치 자력에 끌리듯이, 자신의 딸을 이토록 사랑하는 청년에게 아무 말 없이 손을 내밀었다.

그러나 청년의 눈에는 아무것도 보이지 않았다. 그는 발랑틴의 차가운 손을 잡고 있었다. 그러고는 울음조차 나오지 않는지 신음소리를 내며 이불깃만 물어뜯고 있었다.

이윽고 빌포르가 말했다.

"청년, 당신이 이 아이의 약혼자인 걸 내가 인정해주겠소. 당신의 슬픔을 내 눈으로 확인했으니 말이오. 하지만 당신이 그토록 사랑하던 천사는 이미 세상을 떠났소. 그 애는 이제 하느님의 사랑을 받게 되었소. 이제 이 애에게 작별 인사를 해주어야 하오. 발랑틴에게는 이제 그녀를 축복해줄 신부님이 필요할 뿐이오."

그러자 막시밀리앙이 결연하게 말했다.

"아닙니다. 발랑틴에게는 신부님도 필요하지만 원수를 갚아줄 사람도 필요합니다. 검사님, 검사님은 신부를 불러오게 하십시오. 저는 원수를 갚아야겠습니다."

"아니, 원수를 갚다니 무슨 소리요?"

"검사님 아직도 모르시겠습니까? 발랑틴은 살해된 겁니다. 나는 범죄를 고발합니다. 살인자를 찾아주십시오. 이번이 네 번째 희생자입니다."

막시밀리앙의 말에 누아르티에 노인은 눈을 빛냈다. 다브리니도 나섰다.

"나 역시 이번 범죄를 판가름해달라고 요청합니다. 어쩐지

내게 용기가 없어서 범인을 내버려둔 것 같은 자책이 듭니다."

빌포르는 얼이 빠진 것 같은 표정이었다.

"오오, 그렇다면 내 집에서 범죄가 일어나고 있단 말인가!"

막시밀리앙은 고개를 들었다. 그는 누아르티에 노인을 바라보았다.

"할아버지께서는 범인이 누구인지 알고 계신가요?"

"알고 있지."

"그럼 우리를 도와주시겠지요. 할아버지 말씀해주세요."

노인의 눈길이 문 쪽으로 향하더니 이어서 막시밀리앙과 의사를 향했다.

"할아버지 저희들은 나가란 말씀이신가요? 검사님과 단 둘이 이야기를 나누시려고요?"

"그렇다."

의사는 아직 비틀거리는 청년의 팔을 잡고 함께 옆방으로 갔다. 온 집안 전체에 죽음보다 더한 정적이 흘렀다.

15분 쯤 지났을까, 비틀거리는 발소리가 들려왔다. 문지방에 빌포르의 얼굴이 나타나더니 두 사람을 누아르티에 노인 곁으로 데려갔다.

검사의 얼굴은 창백하다 못해 얼음처럼 투명할 정도였다. 그가 입을 열었다.

"두 분 모두 이 비밀을 가슴속에 묻어두겠다는 약속을 제게 해주십시오. 내가 살인자는 반드시 가려내겠습니다. 아버지가 내게 범인의 이름을 가르쳐주셨소. 아버지도 복수심을 이기지 못하고 계십니다. 하지만 아버지도 이 범죄가 비밀에 붙여지길 원하고 계십니다. 그렇지요, 아버지?"

"그렇다."

"저는 아버지께 약속했습니다. 딱 사흘만 기다려주십시오. 사흘이 지나면 내가 얼마나 무섭게 복수하는지 아시게 될 것입니다. 우리 집의 명예를 위하여, 복수는 제 손에 맡겨주십시오."

검사는 막시밀리앙의 손을 잡았다. 막시밀리앙은 검사의 손을 뿌리치고 침대 곁으로 가더니 발랑틴의 차가운 입술에 자신의 입술을 갖다 대었다. 그러고는 절망에 빠져 그 집을 도망치듯 나가버렸다.

빌포르는 사후 처리를 모두 다브리니에게 맡기고 서재로 돌아왔다. 다브리니는 의사를 부르기 위해 시청으로 갔다. 검시 일을 맡아볼 의사가 필요했기 때문이다. 누아르티에 씨는 손녀 곁을 떠나려 하지 않았다. 30분쯤 뒤에 다브리니 씨가 시청 검시의를 데리고 왔다. 검시의는 발랑틴을 들여다보더니 죽은 것이 확실하다고 선언했다.

이제 신부가 필요했다. 다브리니가 특별히 생각해둔 신부가 있느냐고 빌포르에게 물었다. 빌포르가 없다고 하자 검시의가 말했다.

"바로 옆집에 이탈리아 신부가 한 분 계시지요? 지나가는 길에 제가 부탁드려볼까요?"

그러자 빌포르가 열쇠를 그에게 주면서 어서 모시고 와서 발랑틴의 방으로 직접 올라가라고 말했다. 빌포르는 혼자 있고 싶었던 것이다.

두 명의 의사는 밖으로 나갔다. 그러자 사제복을 입은 신부 한 명이 옆집 문 앞에 서 있는 것이 보였다. 다브리니가 신부의 곁으로 가자 신부가 먼저 말했다.

"저 댁에서 누가 돌아가셨지요? 도망가는 하인들에게서 들었습니다. 안 그래도 도와드리러 가려던 참입니다."

세 명은 곧장 발랑틴의 방으로 갔다. 방 안에 들어섰을 때 노인의 눈과 신부의 눈이 딱 마주쳤다. 두 의사는 노인이 그 눈에서 무언가 읽은 듯했다. 두 의사는 신부에게 마무리를 부탁하고 밖으로 나갔다. 노인과 단 둘이 남은 신부는 그들이 나간 문을 비롯해 빌포르 부인의 방으로 통하는 문을 잠가버렸다.

대단원을 향하여

이야기를 조금 앞으로 당기자. 발랑틴이 아직 죽기 전에 벌어진 일들이다.

당글라르는 조금씩, 조금씩 파산의 길을 걷고 있었다. 은행가에겐 생명인 신용을 잃었기 때문이었다. 그에게는 550만 프랑의 채권이 있었지만 그 채권은 그의 소유가 아니었다. 양육원 사무국에서 그에게 위탁한 것으로 언제고 그곳에 돌려주어야 하는 채권이었다. 말하자면 그는 거의 빈털터리였다.

그는 딸 외제니와 안드레아의 결혼에 모든 것을 걸고 있었다. 안드레아가 사위가 되면 300만 프랑의 돈을 자기 은행에 넣어두게 될 것이고, 그렇게 되면 신용을 회복할 수 있으리라

믿었다. 그런 후 철도 사업을 통해 성공을 거두리라는 것이 그의 계획이었다. 그는 결혼하지 않겠다는 딸을 설득했다. 우선은 신용회복이 절대적으로 필요하며 그러려면 둘이 결혼해야 한다고 딸을 설득했다. 딸은 결국 승낙했다.

드디어 안드레아 카발칸티와 외제니가 결혼 서약서에 서명하기로 한 날이 다가왔다. 안드레아는 오후 5시쯤 몽테크리스토 백작을 찾아가서 밤 9시에 혼인 서약서에 서명하기로 했음을 알렸다. 그는 당글라르가 엄청난 부자인줄 알고 있었다. 당글라르는 안드레아에게 숨겨놓은 자신의 재산이 1,500만 내지 2,000만 프랑이라고 말해놓았던 것이다. 게다가 철도 사업권에 낙찰이 되어서 적어도 1,000만 프랑을 벌 수 있을 것이라고 말했다. 안드레아는 당글라르의 외동딸인 외제니 양과 결혼을 하면 결국 그 재산이 모두 자기 것이 되리라는 꿈에 부풀어 있었다. 몽테크리스토 백작은 기꺼이 결혼식에 참석할 것이며 혼인 서약서에 서명해줄 것을 약속했다. 그들은 저녁 9시에 만나기로 하고 헤어졌다.

8시 반이 되자 당글라르 집안의 살롱은 사람들로 북적였다. 객실이란 객실은 모두 휘황찬란하게 불을 밝히고 있었고 값비

싼 실내 장식들이 불빛을 받아 번쩍이고 있었다. 외제니 양은 우아한 차림이었지만 화려하다기보다는 청초한 모습이었다. 게다가 그녀는 보석은 단 하나도 치장을 하지 않고 있었다.

그녀와 얼마 떨어진 곳에서 당글라르 부인이 드브레, 보샹, 그리고 샤토 르노와 이야기를 나누고 있었으며 당글라르는 대의원들과 은행가들에게 둘러싸여, 이런저런 이야기를 나누고 있었다. 이런 소란 가운데 안내를 맡은 문지기가 계속 새로 등장하는 손님들 이름을 외쳤다. 모두 재계에서, 군부에서, 문단에서 존경받는 저명인사의 이름들이었다.

시계가 9시를 쳤을 때 안내인이 몽테크리스토 백작의 이름을 크게 외쳤다. 그러자 마치 마술처럼 소란이 뚝 그쳤다. 모두들 하던 이야기를 멈추고 문가로 눈길을 돌린 것이었다. 백작은 평소와 다름없이 간소한 검은 옷차림이었다.

백작은 우선 빌포르 부인과 이야기를 나누고 있는 당글라르 부인 쪽으로 갔다. 빌포르는 발랑틴이 앓고 있다는 이유로 초대에 응하지 않았다. 백작은 외제니에게 축하의 말을 건넸다. 그리고 주위를 둘러보았다. 그의 눈은 마치 이렇게 말하는 것 같았다.

'이제 내가 할 일은 다 끝난 거야. 다른 사람들이 나를 위해 해야 할 일을 할 때가 된 거야.'

이어서 공증인이 들어오더니 비로드가 덮여 있는 금빛 탁자 위에 여러 가지 서류들을 올려놓았다. 파리의 저명인사들 중 절반 이상이 「혼인서약서」에 서명하기로 예정되어 있었다. 이윽고 공증인이 「혼인서약서」를 낭독했다. 안드레아는 사람들에게 둘러싸여, 드디어 자신의 꿈이 실현되는 순간을 달콤한 기분에 젖어 즐기고 있었다.

공증인은 엄숙하게 펜을 들어, 머리 위로 높이 쳐들며 이렇게 말했다.

"여러분 지금부터 서명을 시작하겠습니다."

제일 먼저 당글라르 남작, 이어서 안드레아 부친의 대리인, 그다음으로 당글라르 부인, 장래의 배우자순으로 서명하게끔 되어 있었다. 당글라르가 펜을 들어 서명했다. 이어서 안드레아 부친의 대리인이 서명했다. 다음으로 당글라르 부인이 서명할 순서였다. 빌포르 부인과 팔짱을 낀 당글라르 부인이 탁자 앞으로 걸어 나왔다.

당글라르 부인이 펜을 들며 빌포르 부인에게 말했다.

"빌포르 씨가 못 오셔서 정말 섭섭해요. 몽테크리스토 백작 댁에서 일어난 살인 사건 때문이지요?"

그러자 곁에 있던 몽테크리스토 백작이 말했다.

"아이고, 그렇다면 저 때문에 못 오신 셈이네요. 이거 정말 송구스럽게 되었습니다."

"그게 무슨 말씀이세요, 백작님." 당글라르 부인이 서명을 하면서 말했다.

안드레아가 옆에서 귀를 기울이고 있었다.

백작이 계속 말했다.

"도둑질을 하려고 제 집에 들어왔던 사나이는 공범 손에 살해되었습니다. 제가 그 사나이를 구해주려고 옷을 벗겼지요. 경찰이 나중에 그의 옷을 모두 가져갔지만 조끼를 잊고 가져가지 않았더군요. 그런데 제가 오늘 그 피투성이 조끼를 뒤져봤습니다. 그런데 갑자기 주머니에서 종이쪽지가 만져졌습니다. 제가 펼쳐보았지요. 그 편지가 누구에게 보내는 편지였는지 아십니까? 바로 당글라르 씨에게 보내는 편지였습니다."

순간 안드레아의 얼굴빛이 확 변했다. 그리고 슬그머니 문쪽으로 물러났다.

"저는 그 편지와 조끼가 증거물이겠다고 생각하고 모두 검사에게 보냈습니다. 당글라르 씨를 노린 무슨 음모 같더군요."

안드레아는 백작을 뚫어져라 쳐다보더니 옆방으로 자취를 감추었다.

당글라르가 그 말에 응대했다.

"살해된 자가 전에 죄수였다는 말을 들은 것 같기도 한데요."

"그렇습니다. 이름이 카드루스라고 하더군요."

순간 당글라르의 얼굴색이 눈에 띄게 변한 걸 알 수 있었다.

옆방으로 슬쩍 몸을 피했던 안드레아는 다시 그 옆의 응접실로 옮겨갔다.

당글라르 부인이 서명을 하고 안드레아를 찾으니 그의 모습이 보이지 않았다. 사람들이 모두 그의 이름을 부르며 그를 찾았다.

그때였다. 갑자기 경찰들이 나타나더니 응접실 문 앞마다 두 사람씩 막아섰다. 이어 경찰서장이 헌병을 대동하고 당글라르를 향해 걸어왔다. 경찰의 모습을 본 당글라르 부인은 지레 겁에 질린 듯 비명을 지르더니 그대로 정신을 잃고 말았다.

모두들 당황해 어쩔 줄 몰라하자 몽테크리스토 백작이 경찰관 앞으로 나서며 물었다.

"이런 경사스러운 날 도대체 무슨 일로 이러시는 겁니까?"

경관은 백작의 말에는 대답도 않고 앞으로 나서며 물었다.

"이 중에 혹시 안드레아 카발칸티라는 사람이 있습니까?"

반쯤 정신이 나간 당글라르가 겨우 기운을 내서 물었다.

"그 사람이 어쨌단 말입니까?"

"툴롱 감옥을 탈출한 죄수요. 이전 감방 동료였던 카드루스를 살해한 죄로 체포하러 온 거요."

몽테크리스토 백작이 주위를 한 번 획 둘러보았지만 이미 안드레아의 모습은 보이지 않았다. 사람들로 북적이던 저택은 삽시간에 텅 비어버리고 말았다.

안드레아는 지나가는 마차를 잡고 값을 후하게 쳐준 후에 될 수 있는 한 멀리까지 도망쳤다. 그리고 눈에 안 띄게 한 여관의 문을 두드렸다. 전에 묵었던 큰 여관이었다. 그는 포도주를 한 병 시켜 마신 후 그대로 잠이 들었다. 그는 날이 새면 사람 사는 근처에 일절 가까이하지 않고 변장하여 벨기에 국경을 넘으리라는 계획을 세웠다.

하지만 그가 잘못 생각한 것이 있었다. 이미 새벽녘에 카드루스의 살인범을 검거하라는 전신이 사방으로 전달된 것이며 그가 묵은 큰 여관은 당연히 검문 대상이었다. 게다가 새벽 4시에 수상한 청년이 그곳에 묵고 있다는 첩보가 이미 헌병대에 전달된 상황이었다. 안드레아는 굴뚝을 통해 도망가려다 기어코 체포되고 말았다. 그는 그날로 단두대에서 처형될 중범들을 가두는 콩시에르주리 감옥에 수감되었다.

이상이 발랑틴이 독에 중독되어 누워 있던 사이에 일어난 일이다. 그리고 발랑틴은 우리가 보았듯이 숨을 거두었다. 빌포르가 발랑틴 살해자의 응징에 사흘 말미를 달라고 한 것은 안드레아가 체포되었다는 소식을 들었기 때문이다. 그는 우선 그 사건을 처리한 후 집안에서 벌어진 범죄를 다스리려 한 것이다.

이제 우리는 다시 슬픔의 장례식이 벌어지고 있는 빌포르가로 시선을 돌리기로 하자.

발랑틴이 죽은 이튿날 아침이었다. 구름이 잔뜩 긴 날씨였다. 장의사는 발랑틴의 유해를 수의에 싸서 꿰매어버렸다. 누아르티에 노인은 전날 밤, 장례준비를 위해 불려온 사람들 손으로 이미 노인의 방으로 옮겨져 있었다. 그런데 노인의 반응이 이상했다. 손녀 곁을 떠나는 것을 별로 아쉬워하지 않았던 것이다. 부소니 신부만이 날이 샐 때까지 밤을 새웠다가 새벽이 되자 홀로 자기 집으로 돌아갔다.

아침 8시 경 다브리니가 왔다. 그는 누아르티에 씨 방으로 가다가 빌포르와 마주쳤다. 둘이 방에 들어가니 노인은 편히 잠들어 있었다. 입가에는 미소까지 띠고 있었다. 빌포르는 놀랐다. 조금만 신경에 거슬리는 게 있어도 며칠씩 잠을 못 이루던 분이 저렇게 편하게 잠에 빠져 있다니! 다브리니는 슬픔에 지쳐 쓰러지신 모양이라고 빌포르에게 말했다.

둘은 빌포르의 서재로 왔다. 빌포르는 가지런히 정돈되어 있는 침대를 가리키며 말했다.

"보십시오. 난 이틀째 잠을 자지 못했습니다. 저 책상을 좀 보십시오. 온 힘을 다해 서류를 뒤적였습니다. 살인범 베네데토의 「기소장」을 작성하느라 정신이 없었습니다. 일만이 내 정열이고 기쁨입니다. 일이야말로 내 모든 고통을 잊게 해주는 거지요."

다브리니는 인사를 하고 물러나왔다. 11시쯤 되자 조문객들을 태운 마차들이 안뜰로 들어섰다. 조문객들 중에는 샤토르노, 보샹, 드브레도 당연히 있었다. 그들은 이런저런 이야기를 나누면서 주위를 둘러보았다. 빌포르 부인의 모습이 보이지 않았고 몽테크리스토 백작과 막시밀리앙 모렐의 모습도 보이지 않았다. 그러자 보샹이 말했다.

"내가 오는 길에 백작을 만났는데 은행가를 찾아가는 길이라고 하던데……."

그의 말이 사실이었다. 그 순간 몽테크리스토 백작은 당글라르를 만나고 있었다.

백작을 본 당글라르가 반갑게 그를 맞으며 말했다.

"백작, 제게 위로의 말씀을 해주러 오셨군요. 저는 우리 연배의 사람들에게 일어난 불행에 대해 생각하고 있었습니다. 빌포르 씨가 이상하게도 온 가족을 잃었고, 모르세르는 치욕 속에서 자살했지요. 저는 저대로 파렴치한 베네데토란 놈 때문에 웃음거리가 되었으니. 게다가……."

"게다가, 또 무슨 일이 있었나요?"

"아직 모르시는군요. 제 딸아이가 집을 나가버렸습니다. 여행을 하겠다고 친구와 어제 집을 나갔는데, 이제 딸을 잃은 거나 다름없습니다. 저는 제 딸의 성격을 잘 알거든요. 그 애 성미로 봐서 다시는 프랑스에 발을 들여놓지 않을 겁니다."

"하지만 당신은 백만장자이니 돈으로 그런 슬픔을 없앨 수 있을 겁니다. 당신은 재계의 왕자 아닙니까?"

당글라르는 백작이 진심으로 그러는 건지, 아니면 야유를 하는 건지 알아내려고 그를 흘끔 쳐다보았다. 그는 말했다.

"돈으로 위안 받을 일이라면 나도 위안 받을 수 있겠지요. 난 돈이 있으니까요. 자, 잠시 시간을 내주십시오. 백작이 들어오기 전에 수표에 서명을 하고 있었습니다. 두 장에는 이미 서명을 했고 아직 세 장을 더 해야 합니다. 계속해도 실례가 되지 않을는지……."

"아, 네. 어서 계속하십시오."

잠시 조용한 가운데 은행가의 펜 놀리는 소리만 났다.

"스페인 어음인가요?"

"아닙니다. 자기앞 수표입니다. 프랑스 은행 지불 수표지요. 한 장에 100만 프랑짜리 고액 수표입니다."

백작은 당글라르가 가볍게 내민 다섯 장의 수표를 두 손으로 받아서 읽어 보았다.

프랑스 은행 이사 귀하. 이 수표 지참인에게 소생의 예금 중에서 액면 가격 100만 프랑의 액수를 지불하시기 바람.

당글라르 남작

"정말 대단하시군요. 그런데 제가 부탁이 한 가지 있습니다. 제게 이 다섯 장을 일시불로 주실 수 없겠습니까? 제가 댁의 은행에 600만 프랑의 어음을 넣어두었지요? 그중 90만 프랑은 찾아 썼으니 510만 프랑이 남아 있겠군요. 제가 600만 프랑 전액의 영수증을 드리겠습니다. 마침 제가 오늘 돈이 좀 필요한 일이 있어서요."

백작은 대답도 기다리지 않고 수표들을 주머니에 넣었다. 그리고 은행가에게 「영수증」을 내밀었다.

당글라르는 벼락을 맞는 것 같았다. 실은 그 돈은 자기 돈이 아니라 프랑스 국립 양육원의 돈이었던 것이다.

"백작, 이건 양육원의 돈입니다. 거기서 저금한 건데 오늘 아침 지불 약속이 되어 있던 돈입니다."

"아, 그렇군요. 그럼 이건 돌려드릴 테니 다른 수표로 바꿔주시지요." 백작이 다시 수표를 꺼내며 말했다.

순간 당글라르의 머리가 빠르게 돌아갔다. 그가 백작이 내민 영수증을 챙기며 말했다.

"하긴, 백작 영수증은 현금이나 매한가지지요. 어서 그것을 주머니에 넣으십시오. 하지만 아직 10만 프랑이 남으셨는데……."

"그까짓 것쯤이야, 그냥 수수료로 알고 놔두십시오. 그냥 이걸로 셈이 끝난 걸로 하지요."

백작이 수표를 주머니에 넣은 후 인사를 하고 일어서려는데 하인이 들어와서 말했다.

"양육원의 수납과장 보빌 씨가 오셨습니다."

백작은 대합실에 서 있는 보빌 씨와 정중하게 인사를 나눈 후 밖으로 나갔다. 백작이 나가자 보빌 씨가 당글라르의 서재로 안내되었다. 밖으로 나간 백작은 곧장 프랑스 은행으로 마차를 몰게 했다.

보빌 씨가 들어와서 당글라르에게 말했다.

"저희 양육원에서 가져갈 돈 준비가 되셨는지요?"

"그게, 하루만 더 기다려주셔야겠습니다. 아까 보신 그 사람이 500만 프랑을 가져가셨습니다. 백작은 톰슨 앤드 프렌치 상사가 우리 은행 앞으로 개설한 무제한 어음을 가지고 있습니다. 그런데 오늘 돈이 필요하다며 500만 프랑을 일시불로 달라고 왔습니다. 그래서 프랑스 은행 발행 자기앞수표를 주었습니다. 제 재산은 그 은행에 맡겨놓았으니까요.

제가 지금 500만 프랑의 수표를 또 발행해드릴 수도 있지만 하루에 1,000만 프랑을 빼간다면 좀 이상하게 생각할 것 같아서 내일 드리려고 한 겁니다."

"허어, 몽테크리스토 백작은 대부호군요."

"그렇습니다. 나중에 내가 소개를 해드리지요. 그 사람이라면 한 달에 2만 프랑씩은 기부를 할 겁니다."

"허! 굉장하군요. 하긴 그런 분이 또 있었지요."

"그래요? 누가 또 그렇게 통이 큰가요?"

"모르세르 부인과 그 아드님입니다. 그분들은 자신의 전 재산을 양육원에 기부했습니다."

"재산 전부라고요?"

"그렇습니다. 돌아가신 모르세르 장군의 재산인 셈이지요."

"아니, 그렇다면 뭘로 생활한답니까?"

"부인은 시골로 내려가 생활하고 아들은 군대에 간답니다. 어제 기부금의 등록도 다 끝났습니다. 120만에서 130만 프랑 정도 되는 돈입니다. 그건 그렇고 우리 이야기로 돌아가지요. 내일 2시에 금고 감사가 있으니 그전에는 꼭 돈이 있어야 합니다."

"그럼 정오에 사람을 보내십시오."

"알겠습니다. 제가 직접 오겠습니다."

그들은 악수를 했고 보빌 씨는 물러갔다.

그가 나가자마자 당글라르는 음흉한 미소를 지으며 내뱉듯이 말했다.

"멍청한 녀석 같으니라고! 어디 정오까지 와보라지. 난 이미 멀리 가고 없을 테니!"

그는 몽테크리스토 백작에게 받은 영수증을 지갑 속에 넣었다. 그리고 금고와 서랍을 모조리 털어 1,000프랑짜리 지폐 50장을 긁어모았다. 그리고 서랍에서 여권을 꺼냈다.

일이 숨 가쁘게 돌아간다. 우리는 다시 발랑틴의 장례식으로 눈길을 옮겨야겠다. 양육원의 보빌이 당글라르의 집에서 나온 바로 그 순간, 장례 행렬은 페르 라셰즈의 묘지를 향해 가고 있었다. 행렬 뒤로는 500명이 넘는 사람들이 뒤를 따르고 있었다.

행렬이 파리를 막 빠져나오는 순간이었다. 말 네 마리가 끄는 마차 한 대가 급히 달려오고 있었다. 바로 몽테크리스토 백작의 마차였다. 마차에서 내린 그는 누군가를 찾았다. 그를 알아보고 보샹이 마차에서 내리자 보샹에게 백작이 물었다.

"막시밀리앙 모렐 씨 못 보셨나요? 그는 어디에 있지요?"

보샹이 대답했다.

"글쎄요. 아무 데도 안 보이더군요."

백작은 입을 다물고 주위를 살폈다. 그러나 그의 모습을 찾을 수 없었다. 그는 다시 마차에 올랐다. 이윽고 장례 행렬이 묘지에 도착했다. 백작은 날카로운 눈으로 주목과 소사나무 숲을 살펴보았다. 그림자 하나가 소사나무 밑을 스쳐가는 게 보였다. 백작은 그 사나이를 유심히 살펴보았다.

그는 다름 아닌 막스밀리앙 모렐이었다. 그는 검은 프록코

트를 입고 있었다. 하루 사이에 얼굴빛이 창백해졌고 형편없이 야위어 있었다. 손에 쥐고 있는 모자는 그가 마구 쥐어뜯었는지 함부로 구겨져 있었다.

장례식이 진행되는 동안에도 백작은 모렐만 주시하고 있었다. 장례식이 끝나자 백작은 키 작은 잡목들 속으로 뛰어들어 몸을 숨겼다.

장례식이 끝나고 모든 사람들이 다 파리로 돌아가고 인부들도 떠나자 막시밀리앙이 천천히 무덤 쪽으로 다가왔다. 막시밀리앙은 묘석에 이마가 닿을 정도로 고개를 숙이더니 정신이 다 나간 목소리로 중얼거렸다.

"오, 발랑틴!"

백작은 조용히 그에게 다가가 가볍게 어깨를 두드렸다. 그리고 재빨리 청년을 머리끝에서 발끝까지 죽 살펴보았다. 권총이라도 숨기고 있는지 찾아본 것이다. 백작이 그에게 말했다.

"자, 파리로 돌아갑시다."

"아니, 안 가겠습니다."

"그럼 뭐 필요한 건 없는지?"

"그냥 이렇게 기도할 수 있게 내버려주십시오."

백작은 아무 말 없이 물러나 몸을 숨겼다. 그리고 청년의 일거수일투족을 감시하기 시작했다. 한참 무릎을 꿇고 있던 청년은 이윽고 몸을 일으키더니 뒤도 돌아보지 않고 파리를 향해 떠났다. 백작은 마차를 보낸 다음 그의 뒤를 밟았다.

막시밀리앙은 운하를 건너 대로를 몇 개 지나더니 메레 가의 집으로 돌아갔다. 백작이 그 뒤를 따라 집 안으로 들어가니 쥘리가 반갑게 맞았다. 백작이 황급히 말했다.

"방금 오빠가 돌아왔지요?"

"네, 방금 오빠 방으로 가는 것 같았어요."

"미안합니다, 부인. 내가 한시라도 빨리 그를 만나봐야 해요."

그는 황급히 계단을 올랐다. 그리고 막시밀리앙의 방이 있는 3층으로 올라갔다. 그의 방문은 유리로 되어 있었다. 그는 방의 벨을 누르려다가 그대로 팔꿈치로 유리문을 깨고 안으로 들어갔다. 책상 앞에 앉아 펜을 쥐고 무언가 쓰려 하던 막시밀리앙은 유리창 깨지는 소리에 깜짝 놀라 의자에서 벌떡 일어났다.

"아이고, 이거 미끄러져서 팔꿈치로 유리를 깨고 말았네."

막시밀리앙은 당황한 빛을 보이며 백작에게 다가왔다.

“다치셨나요?”

막시밀리앙이 건조한 목소리로 물었다.

“아뇨, 그런데 뭘 쓰고 있었나요?”

“네, 그냥…….”

“그런데 잉크 병 옆에 웬 권총이…….”

“여행을 떠나려고요.”

“막시밀리앙, 우리 이제 시치미 떼지 말고 솔직하게 말합시다. 내가 함부로 미끄러지는 사람도 아니고……. 당신 자살하려고 했던 거지요?”

막시밀리앙의 얼굴이 벌겋게 되었다.

“여기 유서까지 쓰려고 했군. 여기 증거가 다 있네.”

그러자 막시밀리앙이 이제까지의 침착한 태도를 버리고 격하게 외쳤다.

“그게 어쨌단 말입니까? 그래요, 머리에 권총을 들이대려고 했습니다. 누가 그걸 막을 수 있겠습니까? 이제 저의 모든 희망은 사라졌습니다. 갈가리 찢긴 제 마음속에는 이제 슬픔과 절망만이 남아 있을 뿐입니다. 모든 것이 제 가슴을 아프게 할 뿐입니다. 이대로 있다가는 미쳐버릴 겁니다. 그런데도 나를 막을 수 있는 사람이 있을까요?"

"있지요. 바로 내가 막을 겁니다."

"아니, 당신이! 나를 그렇게 희망에 젖게 하고는 결국 이렇게 되기까지 가만히 두고 본 당신이!"

그러면서 그는 권총을 향해 내달려갔다. 그러자 백작이 말했다.

"이보시오. 자살은 절대로 안 됩니다. 나는 이 세상에서 유일하게 당신에게 이런 말을 할 수 있는 사람입니다. '막시밀리앙, 난 네가 죽는 것을 보고만 있을 수 없다. 네 아버지를 위해서다.'"

백작은 숭고한 표정을 지으며 팔짱을 낀 채 위엄 있는 걸음걸이로 청년에게 다가갔다. 막시밀리앙은 거룩해 보이기까지 하는 그의 모습에 압도되었다. 그는 자신도 모르게 한 걸음 뒤로 물러섰다.

"제 아버님을 위해서라고요? 당신이 어떻게 제 아버지를?"

"그건 지난날, 내가 그분의 은혜를 입었기 때문이오. 또한 지금의 당신처럼 자살하려는 당신 아버지를 내가 구해주었기 때문이오. 내가 바로 당신 누이에게 지갑을 돌려주었고 당신 아버지에게 파라옹호를 돌려준 사람이기 때문이오. 당신이 어린아이였을 때 당신을 내 무릎 위에 올려놓고 놀아주던 에드몽 당테스가 바로 나이기 때문이오."

막시밀리앙은 거의 숨도 제대로 쉬지 못한 채 비틀거렸다. 그는 마치 무엇에라도 맞은 듯 뒤로 또 한 번 물러섰다. 그러더니 큰 소리를 지르며 백작의 발아래 쓰러지듯 엎드렸다. 그러더니 그는 갑자기 벌떡 일어나 밖으로 나가서 소리쳤다.

"쥘리! 쥘리! 엠마뉘엘! 엠마뉘엘!"

막시밀리앙이 외치는 소리를 듣고 쥘리와 엠마뉘엘, 그리고 하인들까지 모두 뛰어왔다.

막시밀리앙은 그들의 손을 붙잡고 방으로 들어서면서 이렇게 말했다.

"무릎들 꿇어요. 이분이 바로 우리의 은인입니다. 아버님의 목숨을 구해주신 분입니다! 또 이분이 바로……"

그 순간 백작이 청년의 팔을 잡고 입을 막았다. 쥘리는 백작의 품으로 뛰어들었고 엠마뉘엘은 백작을 끌어안았다. 그러자 쇠붙이 같던 백작의 얼굴에도 한 줄기 눈물이 흘러나왔다.

그는 쥘리와 엠마뉘엘에게 부탁했다.

"제발 잠시만 막시밀리앙과 단둘이 있게 해주어요."

쥘리는 영리한 여자였다. 그녀는 오빠 방에 들어오자마자 종이와 잉크, 그리고 그 옆에 놓인 권총을 보았다. 무언가 심상치 않은 일이 있다는 것을 눈치챘고, 그것을 해결할 수 있는 사람은 백작뿐이라는 것을 알았다. 그녀는 남편 엠마뉘엘에게 말했다.

"우린 나가요." 그들이 나가자 백작이 말했다.

"막시밀리앙, 당신이 하려는 행동은 죄악입니다."

"이제 걱정 안 하셔도 됩니다. 이 권총은 필요 없습니다."

"그럼 이제 절망으로 죽지 않겠다는 말이지요?"

"아닙니다. 제 괴로움을 없애는 데 권총이나 절망이 필요 없다는 말씀입니다. 저는 슬픔으로 죽어갈 겁니다."

"아무튼, 막시밀리앙, 난 당신에게 분명히 말합니다. 내가 당신에게 왜 죽으면 안 된다고 말하는지 알아요? 제발 살아야 한다고 말하는지 알아요? 그건 당신이 언젠가는 내가 당신의 죽음을 말린 데 대해 감사할 날이 오리라고 확신하기 때문이오."

"백작, 당신은 사랑을 해보지 않았군요. 발랑틴이 없는 이 세상에 더 이상 행복은 없습니다. 남은 건 슬픔밖에 없습니다. 그녀가 없는 세상에서 제가 살아 있는 것을 감사할 일은 일어날 수 없습니다."

"글쎄, 막시밀리앙, 내가 희망을 가지라 말하고 있지 않소?"

"아니, 아직 발랑틴을 만날 수 있다는 희망을 가지란 말입니까?"

백작은 빙그레 웃었다.

"백작님, 백작님은 정말 무서운 분입니다. 벌써 제게 희망을 주시기 시작했습니다. 심장이 다시 원기를 회복한 것 같아요. 당신은 어떻게 초자연적인 힘을 믿게 만드시나요?"

"막시밀리앙, 이제부터 당신은 나와 함께 지내는 겁니다. 그리고 1주일 후에는 함께 파리를 떠나는 겁니다."

"저더러 희망을 가지란 말씀이세요?"

"그렇소. 내 약속하리다. 한 달 후에 당신의 희망을 이루어주지 못한다면 내가 당신 손에 권총을 쥐어주리다. 아니면 발랑틴 양의 목숨을 앗아간 독약보다 더 독한 약을 주리다."

"약속하시죠?"

"한 달 후, 바로 이 시각, 그날이야말로 신성한 날이 될 것이오. 오늘은 9월 5일이요. 당신이 기억하고 있는지 모르지만 스스로 목숨을 끊으려던 당신 아버님을 구해준 날이 바로 10년 전 오늘이었소."

막시밀리앙은 백작의 손을 잡고 입을 맞추었다.

백작이 말했다.

"당신은 오늘부터 나와 함께 살도록 해요. 하이데의 방을 내주겠어. 딸 대신에 내게 아들이 하나 생긴 셈이로군."

"아니, 그렇다면 하이데가?"

"간밤에 집을 떠났소."

"그럼 백작님 곁을 영영 떠난 건가요?"

"아니, 나를 기다리려고 떠난 거요. 나중에 다 알게 될 테니어서 샹젤리제의 내 집으로 갈 준비를 하시오."

막시밀리앙은 고개를 떨구었다. 그는 마치 하느님 앞에 서 있는 사도 같았다.

빌포르의 심판

　　　　여기는 생 베르나르 감옥, 프랑스 형
무소에서 가장 중범죄자들을 가두고 있는 곳이었다. 안드레
아는 그곳에 갇혀 있었다.

　어느 날 그에게 면회가 왔다. 안드레아는 가슴이 뛰었다. 자
신은 그 누군가로부터 보호를 받고 있다는 확신이 들었다. 안
드레아가 초조한 가운데 호기심을 갖고 면회실로 들어가보니
면회실 철장 뒤에 베르투치오가 기다리고 있었다.

　안드레아는 그를 보자 겁먹은 듯 주위를 둘러보며 말했다.

　"아니, 난 또 누구신가 했네."

　"잘 있었나, 베네데토." 베르투치오가 낮게 울리는 목소리로

말했다. 그러더니 간수에게 손짓을 했다. 간수가 오자 그가 쪽지를 보여주었다. 다른 방으로 죄수를 데리고 가서 단둘이 이야기를 나눌 수 있게 하라는 명령서였다. 간수는 그들을 안뜰로 향한 2층의 어느 방으로 데려갔다.

간수가 물러가자 베르투치오가 말했다.

"내게 무슨 부탁할 말이라도 있나? 또는 무슨 할 말이라도……?"

"당신이 찾아왔으니 당신이 먼저 말을 해주어야지요."

"그럼 내가 먼저 이야기하지. 넌 여전히 악랄한 짓만 하고 돌아다니더군. 도둑질에 살인에…….."

"아니, 내가 다 아는 이야기를 늘어놓으려고 이런 특별 면회실로 나를 끌고 왔어요? 그러지 말고 내가 모르는 얘길 해줘요. 자, 누가 보냈어요?"

"그런 사람이 어디 있어? 헛물켜지 마."

"그걸 믿으라고? 그럼 내가 감옥에 들어와 있는 걸 어떻게 알았지요?"

"네가 샹젤리제에서 거만하게 돌아다니는 걸 보고 안드레아인지 뭔지가 바로 너란 걸 알았다."

"샹젤리제라! 그렇군! 당신 내 아버지 얘길 해주려는 거죠?"

"아버지라니! 나 말고 아버지가 또 있나?"

"당신이 내 양아버지인 건 맞지요. 하지만 당신이 나를 위해 몇십만 프랑의 돈을 마련해주었을 리는 없고, 물론 몇 달만에 다 까먹긴 했지만……. 나를 이탈리아 귀족으로 만들어준 것도 물론 당신이 아닐 거고요. 나를 파리의 사교계에 넣어준 것도 물론 당신이 아니고……. 자, 어때요, 코르시카 양반, 이제 그만 비밀을 털어놓는 게……."

"무슨 얘길 하라는 거냐?"

"아무래도 내가 먼저 이야기를 해야겠네. 당신 입에서 방금 샹젤리제라는 단어가 나왔는데……. 그 거리에 무지무지하게 부자인 신사가 한 명 살고 있다 이 말입니다."

"네가 도둑질을 시키고 사람을 죽인 그 집 말이지? 몽테크리스토 백작의 집?"

"흥, 당신 입으로 그 말을 하고야 말았군요. 그 사람이 나를 돌봐준 거 다 알고 있어요. 자, 이제 내가 그 사람 품에 뛰어들며 '아버지!'라고 소리칠 순서인가요?"

"함부로 지껄이지 마라. 그 이름을 그렇게 함부로 입 밖에 내는 게 아니다."

안드레아는 베르투치오의 엄숙한 표정을 보고 기가 죽었다. 베르투치오가 못을 박듯이 말했다.

"그분은 하느님의 보살핌을 받는 분이야. 너같이 너절한 놈 입에서 아버지니 어쩌니 하는 소리가 나올 만한 분이 아니란 말이다."

이어서 그가 얼굴을 앞으로 당기며 말했다.

"도대체 너는 지금 너를 누가 옭아맸는지 알고나 있는 거냐? 너는 지금 무시무시한 손아귀에 놓여 있는 거야. 그런데 그 무서운 손의 주인이 너를 향해 두 팔을 벌리고 있어. 그러니 그걸 잘 이용해야 해."

"무슨 소리를 하는 거예요? 암튼 내 아버지가 누구예요? 난 죽어도 좋아요. 하지만 그건 알아야겠어요."

"내가 그걸 가르쳐주려고 온 거다."

그러자 안드레아가 눈을 빛내며 말했다.

"좋아요. 이번에는 진짜 아버지를 알려주세요."

베르투치오는 안드레아에게 금화 몇 닢과 쪽지를 전해주었다. 순간 문이 열리며 간수가 들어오더니 베르투치오에게 말했다.

"죄송합니다. 예심판사가 이 죄수를 보자고 해서요."

간수들이 안드레아를 데리고 나갔고 베르투치오는 밖으로
나왔다.

빌포르는 사흘 전부터 서재에 틀어박혀 꼼짝도 하지 않았
다. 카드루스 살해범에 대한 재판을 준비하기 위해서였다. 이
사건은 몽테크리스토 백작과 연관이 있었기에 파리에서 아주
큰 화제가 되었다. 빌포르는 베네데토가 범인이라는 확신이
있었다. 사실 그 증거는 별로 믿을 만한 것이 아니었다. 피해
자가 죽어가면서 자기와 같이 죄수였던 자를 몇 마디 고발한
것이 증거의 전부였다. 하지만 빌포르는 혼신의 힘을 다해 그
가 범인임을 입증하려 애썼다. 이 어려운 형사소송에서 승리
함으로써 암울한 그의 마음에 다소나마 활기와 기쁨을 줄 수
있기를 바랐다.

그렇게 빌포르는 이틀 동안 서류에 묻혀 있었고 일에 열중
했다. 빌포르는 공판 당일인 월요일에도 새벽 5시까지 일했다.
그는 예심판사가 작성한 마지막 심문 서류를 조사하고 증인

들 진술을 검토하면서 명확하기 이를 데 없는 「기소장」을 작성했다. 혼신의 힘을 기울인 만큼 이제까지 그가 쓴 그 어떤 「기소장」보다 훌륭한 명문장이었다.

어느새 날이 희끄무레하게 밝아오기 시작했다. 빌포르는 잠깐 눈을 붙였다가 수명이 다 된 램프 심지가 피지직 소리를 내는 바람에 눈을 떴다. 잉크에 물든 손가락을 바라보며 그는 중얼거렸다.

'오늘을 위해 내가 고생을 한 거야. 정의의 칼로 죄인들을 공정하게 처단하리라.'

그러더니 그는 눈살을 찌푸렸다. 오늘까지 미루어두었던 일을 처리한다는 생각에 마음이 어두워졌기 때문이다.

빌포르는 벨을 울렸다. 새로 온 그의 하인이 신문과 찻잔을 가지고 들어와서 말했다.

"마님께서 뜨거운 초콜릿을 한잔 보내셨습니다. 나리께서 오늘 살인 사건 공판이 있으시니 기운을 내셔야 한다고요."

하인이 방에서 나가자 빌포르는 잠시 우울한 얼굴로 찻잔을 바라보더니 신경질적으로 잔을 들어 단숨에 마셔버렸다. 마치 그 차를 마시고 죽어버려서, 죽기보다 어려운 일을 해야만 하는 상황에서 벗어나고 싶은 기분이었다. 그는 자리에서 일어나 방 안을 왔다갔다 했다. 얼굴에는 보는 이의 등골을 오싹하게 할 만한 무시무시한 미소가 떠올라 있었다.

아침 식사 시간이 될 때까지 그는 서재에 그대로 있었다. 하인이 다시 그의 서재로 왔다.

"마님께서 재판소에 같이 가셔도 되는지 여쭤보라고 하십니다."

"허, 거길 같이 가보고 싶다고!"

빌포르의 반응에 놀란 하인이 한 걸음 뒤로 물러났다.

빌포르가 하인에게 말했다.

"마님께, 내가 할 말이 있으니 그대로 방에서 기다리라고 해라. 마님께 말을 전한 후 돌아와서 내 수염을 좀 깎아줘라. 옷 입는 것도 좀 도와주고."

하인은 나갔다가 이내 돌아왔다. 그는 빌포르의 수염을 깎아준 후 정중하게 말했다.

"나리께서 준비를 끝내시고 돌아오시기를 마님께서 기다리고 계십니다."

빌포르는 서류들을 팔에 끼고 아내의 방으로 갔다. 가보니 아내는 외출 준비를 끝내고 기다리고 있었다.

빌포르는 우선 에두아르에게 응접실로 가서 놀라고 말했다. 아들이 말을 듣지 않자 빌포르는 호통을 쳤다. 처음 보는 아버지의 태도에 에두아르는 겁에 질려 밖으로 나갔다. 빌포르는 문 쪽으로 가서 빗장을 걸었다. 부인은 남편을 바라보며 어색하나마 미소를 지으려 했지만 그 냉혹한 표정을 보자 그만 얼어버렸다. 그녀는 겨우 입을 떼었다.

"왜 그러세요?"

"자, 이제부터 거짓말 말고 정확하게 대답해야 해. 당신이 늘 쓰던 독약, 지금 어디 두었지?"

빌포르는 방문 앞에 서서 분명한 어조로 물었다. 부인의 얼굴이 새파랗게 질렸다.

"무슨 말씀인지……. 여보, 그게 무슨 소리예요?"

"정말 몰라서 하는 소리야? 내 장인 장모와 바루아, 그리고 내 딸 발랑틴을 죽인 독을 어디 감춰두었냐 이거야!"

"여보! 정말 왜 이러시는 거예요?" 빌포르 부인이 두 손을 모은 채 소리쳤다.

"묻지 말고 묻는 말에 대답이나 해. 죄인은 질문을 할 수 없는 법이야. 나는 지금 남편으로서 묻는 게 아냐. 재판관으로서 묻는 거야."

부인은 무서울 정도로 얼굴이 새파래지며 와들와들 떨었다.

"흥, 부인하지는 못하는군. 그렇게 겁먹을 거면서 그렇게 끔찍한 범죄를 여러 번 저지를 심장이 있었나? 하지만 아무리 교묘하게 재주를 피웠어도 사람들을 다 속이지는 못해. 난 장인이 돌아가셨을 때부터 우리 집에 독살자가 있다고 짐작했어. 다브리니가 가르쳐주었지. 아아, 바루아가 죽었을 때 난 엉뚱한 사람을 의심했었지. 그 천사 같은 내 딸! 그런데 그 애도 죽었어. 이제 이 사건은 더 이상 세상에 숨길 수 없어. 다시 말하지. 지금 당신 앞에 서 있는 사람은 남편이 아니야. 재판관이야!"

부인은 두 손을 비틀며 무릎을 꿇었다.

"알겠어……. 알겠어. 이제 자백하는군. 그러나 자백을 한다고 형벌이 감해지지는 않아."

"오, 여보, 형벌이라고요?"

"왜 형벌이 무서운가? 살인을 네 번이나 저지르고도 용서받을 줄 알았나? 네게는 단두대만이 기다리고 있을 뿐이야."

빌포르 부인은 공포에 이지러진 얼굴을 한 채 비명을 질러 댔다.

"사람들을 넷이나 죽여놓고도 단두대가 무서운 모양이지? 좋아, 단두대 걱정은 할 필요 없어. 당신이 불명예스럽게 단두 대에 서는 건 나도 원치 않아. 그건 곧 나의 불명예가 될 테니 까. 당신은 단두대에서 죽으면 안 돼."

완전히 절망한 부인이 중얼거리듯이 물었다.

"무슨, 무슨 소리예요?"

"아직도 모르겠나? 최고 사법관의 아내가 가문의 명예를 더럽히면 안 된다는 거야. 남편과 자식 얼굴에 먹칠하면 안 된 다는 거야."

"아아, 제가 어떻게 해야 한다는 건가요?"

"내가 아까 당신에게 물었지? 당신이 늘 쓰던 독은 어디에 두었느냐고."

"아아. 그건 안 돼!"

"이제 더 이상 말하지 않겠어. 당신이 단두대에서 죽는 걸 나는 원하지 않아. 내 말뜻 알아들었어?"

"오, 제발 저를 용서해주세요. 저를 제발 살려주세요."

"비겁하군."

"난 당신의 아내잖아요."

"당신은 사람을 독살한 여자야! 여러 말할 것 없어. 당신을 그냥 놔두면 아들까지 죽일지도 몰라. 내가 원하는 건 정의가 이루어지는 거야. 내가 돌아올 때까지 그 정의가 이루어져 있기를 바래. 그렇지 않은 경우 내가 내 손으로 당신을 체포할 거야. 내가 돌아왔을 때까지 당신이 살아 있다면 오늘 밤은 중죄인들 감방에서 자게 될 거야."

검사는 밖으로 나간 후 이중으로 방문을 잠갔고 빌포르 부인은 그대로 무너져내렸다.

재판정에는 수많은 사람이 모여 있었다. 떠들썩하던 법정은 법정 관리가 "재판을 시작합니다"라고 외치자 물을 끼얹은 듯 조용해졌다. 판사들과 배심원들이 자리를 잡았다. 빌포르는 제 자리에 앉아 조용히 주위를 둘러보았다.

그에게는 딸을 잃은 아버지가 지니고 있을 슬픔의 흔적 같은 것은 볼 수 없었다. 그 냉정하고도 엄격한 모습은 사람들에게 무서움을 주기에 충분했다.

이윽고 재판장이 헌병에게 피고를 데리고 들어오라고 명령했다. 사람들의 모든 눈이 베네덱토가 들어올 문을 향했다. 이윽고 문이 열리고 피고가 나타났다. 모든 사람이 피고의 모습을 보고 놀랐다. 그의 얼굴에서는 조금도 동요의 빛을 찾아볼 수가 없었다. 그는 법정에 들어서자 판사를 비롯해 법정에 앉아 있는 사람들을 죽 훑어보았다. 특히 판사와 검사의 얼굴을 유심히 살펴보는 것 같았다.

베네데토 옆에는 젊은 관선 변호사가 자리 잡았다. 그는 피고인보다 훨씬 흥분한 듯, 얼굴이 붉게 달아올라 있었다.

재판장이 빌포르에게 「기소장」을 읽으라고 말했다. 빌포르는 긴 「기소장」을 낭랑한 목소리로 읽어내려갔다. 다른 죄수였다면 도저히 견디기 어려운 그 「기소장」을 읽어내려가는 동안에도 피고는 줄곧 명랑한 표정을 유지하고 있었다.

빌포르의 「기소장」은 훌륭한 연설문이었다. 범죄가 아주 생생하게 묘사되어 있었을 뿐 아니라, 피고의 품성, 인생 편력들이 상세하게 서술되어 있었다. 검사의 능력과 인간 심리에 대한 이해력이 총동원된 일생일대의 「논고」였다. 이 「논고」 하나만으로도 베네데토는 이미 사회적으로 매장된 것이나 마찬가지였다.

이윽고 「기소장」 낭독이 끝났다. 그러자 재판장이 입을 열었다.

"피고, 이름이 뭔가?"

그러자 베네데토가 당돌하게 말했다.

"재판장님, 제가 질문의 순서대로 대답하지 않더라도 용서해주시기 바랍니다. 그 이유는 나중에 아시게 될 것입니다. 모든 질문에 대한 답변은 분명히 해드리겠습니다. 하지만 그 순서는 제가 정할 수 있게 해주십시오."

재판장도 깜짝 놀랐고 배심원과 방청객들도 깜짝 놀랐다. 재판장이 다시 물었다.

"그렇다면 나이는? 나이는 대답할 수 있겠는가?"

"그것도 때가 돼야 하겠습니다."

재판장이 엄숙하게 되물었다.

"다시 한 번 묻겠소. 나이는?"

그러자 피고가 마지못한 듯 대답했다.

"스물한 살입니다. 아니 좀 더 정확히 말씀드리지요. 며칠 더 있어야 스물한 살이 됩니다. 저는 1817년 9월 27일과 28일

사이의 밤에 태어났으니까요."

기록을 하고 있던 빌포르가 이 날짜를 듣자 고개를 들었다.

"출생지는?"

그러자 베네데토가 거침없이 대답했다.

"파리 근교의 오퇴유입니다."

빌포르는 고개를 들어 다시 한 번 피고를 바라보았다. 얼굴색이 눈에 띄게 변해 있었다.

"직업은?" 재판장이 이어서 물었다.

"처음에는 위조지폐를 만들었습니다. 도둑질도 했고 최근에는 사람을 죽였습니다."

피고가 너무 거침없이 자기 죄를 고백하자 재판정이 술렁였다. 모두들 놀란 입을 다물지 못했다. 배심원들은 그 파렴치한 행동에 치를 떨었다.

하지만 단 한 사람의 반응은 달랐다. 바로 빌포르였다. 안색이 처음에는 창백해지는 것 같더니 이어서 시뻘게졌다. 그는 갑자기 자리에서 일어나더니 실성한 사람처럼 주위를 둘러보았다. 그 모습을 보고 베네데토가 상냥하게 물었다.

"뭘 찾으시나요, 검사님?"

빌포르는 대답 없이 의자에 주저앉았다.

판사장이 다시 물었다.

"피고, 이제 피고의 이름을 댈 수 있겠는가?"

"이름을 말씀드릴 수 없어서 죄송합니다. 제 본명을 저도 모르고 있으니까요. 하지만 제 아버지 이름만은 분명하게 말씀드릴 수 있습니다."

순간 빌포르의 눈앞이 캄캄해지며 현기증이 몰려왔다. 책상 위에 놓인 서류 위로 땀방울이 뚝뚝 떨어지고 있었다.

"그러면 아버지 이름을 말하라." 재판장이 다시 말했다.

이 넓은 법정에, 마치 물이라도 끼얹은 듯 정적이 흘렀다. 숨소리 하나 들리지 않는 것 같았다. 모두들 숨을 죽이고 피고의 입만 주시하고 있었다.

이윽고 피고의 목소리가 들렸다.

"제 아버지의 직업은 검사님입니다."

"검사라고!" 재판장은 어이없다는 듯 말했다.

"그렇습니다. 제 아버지 이름을 대라고 하셨으니 말씀드리겠습니다. 그분 이름은 빌포르입니다. 바로 이 법정에 앉아 계십니다."

순간 법정에는 이루 말할 수 없는 동요가 일었다. 법정 관리들도 손을 쓸 수 없는 소란이었다. 천연덕스럽게 버티고 있는 피고를 향한 분노의 외침이 가장 컸다. 판사들과 관리들이 혼란을 수습하는 데 적지 않은 시간이 걸렸다. 아직 채 혼란이 가라앉기도 전에 재판장이 큰 소리로 피고를 나무랐다.

"피고는 법정을 우롱하는 건가? 감히 그따위 말로 국민을 기만하려 하는가?"

빌포르는 거의 얻어맞아 만신창이가 된 사람 같았다. 장내는 다시 조용해졌다. 하지만 한쪽 구석에서는 여전히 많은 사람들이 술렁대고 있었다. 부인 한 명이 기절을 했고 약을 먹여 겨우 정신을 차리게 했기 때문이다.

피고는 침착한 태도로 몸을 방청석 쪽으로 돌리더니 입을 열었다.

"여러분, 저는 결코 법정을 모욕하거나 공연한 소란을 피우려고 그런 말을 한 것이 아닙니다. 저는 제가 아는 한에서 성심껏 답변했을 뿐입니다. 제 나이와 출생지도 정확히 밝혔습니다. 제 이름을 모르기에 이름은 대지 못했습니다. 하지만 제 아버지 이름이 빌포르라는 것은 밝혔습니다. 얼마든지 그 증거를 댈 수 있습니다."

확신에 찬 피고의 말에 장내가 쥐죽은 듯 조용해졌다. 사람들의 시선은 일제히 검사에게 쏠렸다. 하지만 검사는 의자에 돌부처처럼 꼼짝 않고 앉아 있을 뿐이었다.

청년이 몸짓으로 모두들 조용히 해줄 것을 요구한 후 말을 이었다.

"이제 제가 한 말을 증명해드리겠습니다."

그러자 재판장이 말했다.

"피고는 예심에서 피고의 이름은 베네데토이며 고아라고 말하지 않았는가? 출생지는 코르시카라고 명시하지 않았나?"

"예심이라서 그에 어울리는 말만 했을 뿐입니다. 이제 더 정확하게 말씀드리겠습니다. 저는 1817년 9월 27일과 28일 사이에 오퇴유에서 태어난, 검사 빌포르 씨의 아들입니다. 좀 더 자세하게 말씀드리지요. 저는 퐁텐가 28번지의 집 2층에서 붉은 커튼이 쳐진 방에서 태어났습니다. 저의 아버지는 제가 죽은 줄 알고 저를 천에 싸서 안고 나갔습니다. 그 천에는 H자와 N자의 이니셜이 새겨져 있었습니다. 제 아버지는 저를 정원으로 안고 나간 후 한쪽 구석에 저를 산 채로 묻었습니다."

"그런 것을 도대체 어떻게 알았지?" 재판장이 물었다.

"그날 밤 그 정원에 한 사나이가 몰래 숨어 있었기 때문입니다. 검사인 아버지에게 깊은 원한을 품고 있던 코르시카 사람입니다. 그는 아버지에게 복수하려고 숨어 있었던 것입니다. 그는 나무 뒤에 숨어 있다가 그 무언가를 묻은 후 열심히 삽질을 하고 있는 아버지를 칼로 찔렀습니다. 그리고 아버지가 묻으려던 것을 파냈습니다. 보물인 줄 알았던 것입니다. 그런데 그 안에 제가 들어 있었습니다. 사나이는 저를 고아원에 데려다주었고 저는 그곳에 수용되었습니다. 그로부터 석 달 후 그 사나이의 형수가 고아원을 찾아와 저를 데려갔습니다. 그 사나이는 저의 양아버지가 되었고 그런 사연으로 저는 오퇴유에서 태어나 코르시카에서 자라게 된 것입니다."

그는 잠시 말을 멈추었다. 재판장이 계속하라고 하자 그가 말을 이었다.

"저는 나쁜 환경에서 자라나 결국 죄를 짓게 되었습니다. 저는 하느님을 저주하는 대신 제 아버지를 저주했습니다. 태어날 때부터 제 운명은 불행하고 괴로운 것이었습니다. 저를 애처롭게 생각하신다면 선처를 해주십시오."

빌포르의 심판

"그렇다면 어머니는?"

"어머니는 저도 모릅니다. 제가 죽은 줄 알고 계시겠지요. 그러니 어머니에게는 죄가 없습니다. 저는 어머니 이름은 알고 싶지 않습니다."

바로 그때 아까 기절했던 여자가 비명을 지르더니 이내 발작을 일으켰다. 사람들이 그녀를 밖으로 실어나가는 동안 부인의 얼굴을 가리고 있던 베일이 벗겨졌다. 당글라르 부인이었다.

재판장이 피고에게 말했다.

"피고는 증거를 댈 수 있는가? 어서 증거를 대도록 하라."

"증거를 대란 말씀입니까? 그전에 우선 제 아버지 빌포르 씨에게 물어보십시오. 그런 후 제게 증거를 요구하십시오."

청중들은 일제히 검사 쪽으로 고개를 돌렸다. 빌포르는 얼굴을 쥐어뜯으며 비틀거리는 걸음으로 법정 앞으로 걸어 나왔다.

그가 겨우 힘을 내어 입을 열었다.

"여러분, 저는 지금 복수의 신의 손아귀에 잡혀 있습니다. 증거 따위는 필요 없습니다. 이 청년의 말은 모두 사실입니다."

순간 천지개벽이 일어나기 직전과 같은 침묵이 법정을 사로잡았다.

검사가 정신을 차리고 다시 말했다.

"제 정신은 말짱합니다. 제 죄를 모두 인정합니다. 이제 저는 집으로 돌아가 얌전히 있겠습니다. 돌아가서 제 후임 검사의 처분만 기다리고 있겠습니다."

모두들 어리둥절해 있는 가운데 재판장이 말했다.

"폐정합니다. 이 건의 심리는 다음 공판까지 연기합니다."

베네데토는 헌병들의 호위를 받아 법정을 나섰다.

빌포르가 비틀거리며 출입구로 향하자 모두들 길을 터주었다. 극심한 고뇌에 찬 모습은 사람들에게 존경심을 불러일으키는 법이다. 그들 중 그 누구도 그에게 모욕에 찬 말을 던지는 사람은 없었다.

빌포르는 밖으로 나와 마차에 오른 후 집으로 가라고 마부에게 말했다. 그는 앞으로 어떻게 할 것인지 아무런 생각도 없었다. 단지 마음속 깊은 곳에서 신을 의식했다. 그는 자기가 무슨 말을 하고 있는지도 모르면서 "신이시여! 신이시여!"만을 외칠 뿐이었다.

그는 아무 생각이 없었다. 순간 의자 위에서 무엇인가가 몸에 닿았다. 빌포르 부인이 갖고 다니던 부채였다. 그 부채를 보자 집을 떠나오기 전의 광경이 떠올랐다.

'아아, 내가 준엄한 사법관으로서 그녀에게 사형을 선고할 자격이 있던가! 그녀는 지금쯤 죽으려 하고 있을 것 아닌가! 그 여자는 나와 함께 살게 되었기 때문에 죄를 짓게 된 것이다. 나 같은 죄인과 살면서 죄에 감염되었을 뿐이다. 내가 감히 참회하고 죽으라고 말하다니! 안 돼. 그녀는 살아야 해. 살아서 나를 따라야 해. 함께 프랑스를 떠나는 거야. 그녀는 살아서 하나밖에 안 남은 내 아들을 돌보아주어야 해. 그녀가 지은 죄? 곧 잊히고 말 거야. 아니면 내가 다 뒤집어쓰면 돼.'

그 생각에 그는 겨우 편하게 숨을 쉴 수 있었다. 마차가 집 마당에 도착했다. 하인들은 그가 너무 일찍 돌아온 것에 놀라고 있었다. 그는 누아르티에 노인의 방을 지나쳤다. 두 사람의 그림자가 보이는 것 같았다. 그러나 그는 노인의 방에 누가 찾아왔는지 신경 쓰지 않았다.

그는 아내의 침실로 곧장 갔다. 문이 잠겨 있었다.

"엘로이즈" 하고 그가 소리쳐 불렀다.

"누구세요?" 하는 아내의 목소리가 들렸다. 평소보다 약한 목소리였다.

"문 열어! 문 좀 열어!" 빌포르가 소리쳤다.

"나야!"

하지만 아내는 문을 열어주지 않았다. 빌포르는 문을 발로 차 부수고 안으로 들어갔다. 부인은 방 문 앞에서 파랗게 질린 얼굴로 남편을 무섭게 쏘아보고 있었다. 그리고 입을 열었다.

"이제 모든 게 끝났어요. 더 이상 할 말이 있으세요?" 그녀는 말을 끝내기도 전에 그대로 양탄자 위로 쓰러졌다. 빌포르가 황급히 달려가 그녀의 손을 잡았지만 얼음장처럼 차가웠다. 빌포르 부인은 죽은 것이었다.

그는 불현듯 아들이 머리에 떠올랐다. 그는 큰 소리로 에두아르를 외쳤다. 그런데 아내의 시체 뒤쪽 커튼 사이로 소파 위에 어린아이가 누워 있는 것이 보였다. 그는 아내의 시체를 훌쩍 뛰어넘어 아들에게 갔다. 그는 아이를 들어 안고 흔들었다. 그러나 아이는 그대로 축 늘어졌다. 심장에 손을 대보니 이미 심장은 멈춰 있었다. 빌포르는 거의 정신을 잃고 그대로 쓰러졌다. 그의 팔에서 아이가 미끄러져 어머니 옆으로 굴러 떨어졌다.

빌포르는 정신이 다 나가버렸다. 그는 계단을 내려가 아버지의 방으로 들어갔다. 아버지 곁에서라도 실컷 울고 싶었다. 아버지는 부소니 신부와 이야기를 나누고 있었다. 신부는 여느 때와 마찬가지로 침착한 표정으로 이야기를 하고 있었다. 빌포르는 오퇴유 만찬회 이틀 후 자기가 신부를 찾아갔던 일, 발랑틴이 죽은 바로 그날 신부가 자신을 찾아왔던 일이 생각났다. 그가 신부에게 말했다.

"오, 여기 계시는군요. 마치 언제나 죽음의 신 뒤를 따라다니시는 것 같군요."

그러자 신부가 일어서며 말했다.

"그때는 따님 명복을 빌기 위해 왔던 겁니다."

"그렇다면 오늘은?"

"하느님도 저와 마찬가지로 만족하시길 빌러 왔습니다. 당신이 내게 진 빚을 모두 갚은 셈이니까요."

빌포르는 눈에 공포의 빛을 띠고 뒷걸음질 쳤다.

"아니! 이 목소린? 이건 부소니 신부의 목소리가 아니잖아!"

"그렇습니다."

대답과 함께 신부는 가발을 벗어던지더니 머리를 세게 흔들었다. 그러자 머리카락이 어깨 위로 축 늘어지더니 그의 늠름한 얼굴이 드러났다.

"몽테크리스토 백작?"

"검사 나리, 그것도 아닙니다. 좀 더 옛날로 더듬어가보시죠."

"이 목소리는? 이 목소리는? 그렇다면 당신은 신부도 아니고 몽테크리스토도 아니고, 도대체 누구란 말인가? 당신이 숨어서 나를 이렇게 파멸에 빠뜨렸단 말인가! 도대체 내가 당신에게 무슨 짓을 했다고!"

"말씀 잘하셨군요. 잘하셨어요." 백작은 팔짱을 끼며 말했다. "잘 생각해보시지요."

"도대체 내가 널 어쨌다는 거냐? 어서 말해봐, 어서!"

"당신은 내게 잔인한 짓을 저질렀지. 내게 서서히 다가올 죽음을 선물했으니까! 당신은 나의 아버지를 죽였지. 당신은 내게서 자유와 사랑을 빼앗아갔지. 내 삶에서 행복이란 것을 아예 없애버렸지."

"너는 도대체 누구냐? 누구란 말이냐?"

"내가 누구냐고? 당신이 이프 성 지하 감옥에 묻어버린 불행한 사나이의 망령이지. 그 망령에게 신이 몽테크리스토라는 가면을 씌워주셨지."

"아, 너는……. 그래……. 알겠다."

"그렇다! 나는 에드몽 당테스다!"

"에드몽 당테스! 그래 그렇다면 이리 와라!" 놀랍게도 검사가 백작의 손목을 잡고 그를 끌고 갔다. 검사는 백작에게 아내와 아들의 시체를 가리키며 외쳤다.

"자, 이리 와서 이걸 봐라! 에드몽 당테스, 이제 속이 후련하냐!"

그 모습을 보고 백작의 안색이 변했다. 그는 이제 신의 이름을 당당히 부를 수 없게 되었다는 것을 깨달았다. 그는 어린애에게 달려들어 맥을 짚어보았다. 그는 아이를 안더니 발랑틴의 방으로 뛰어들어 문을 단단히 잠갔다.

"이놈, 내 아이의 시체를 빼앗아가다니!"

빌포르는 백작의 뒤를 쫓아가려 했다. 하지만 두 발이 말을 듣지 않았다. 그는 꼼짝 않고 몇 분을 서 있더니 갑자기 고함을 질렀다. 그러고는 이어서 껄껄거리고 웃기 시작했다. 그는 층계를 뛰어 내려가 밖으로 나가버렸다. 미쳐버린 것이다.

잠시 후 백작이 아이를 안고 나타났다. 얼굴에는 괴로움이 가득했다. 갖은 수단을 다 써보았지만 아이를 살릴 수 없었던 것이다. 그는 처음으로 과연 이렇게까지 할 권리가 자신에게 있는 것이지 반문했다. 그는 중얼거렸다.

'그래, 이걸로 충분해. 마지막 하나는 구해주겠어.'

파리여, 안녕

집으로 돌아온 백작은 막시밀리앙에게 다음 날 파리를 떠날 준비를 하라고 일렀다. 그리고 다음 날 쥘리와 엠마뉘엘에게 작별인사를 하고 파리를 떠났다. 떠나기 전에 백작은 알리를 시켜 누아르티에 노인에게 편지를 하나 보냈다. 노인은 알리 편에 백작의 계획을 승낙한다는 답을 보내왔다.

백작과 막시밀리앙은 마차에 올랐다. 파리를 떠나면서 백작은 속으로 중얼거렸다.

'위대한 도시여! 내가 네 문에 들어선 지 6개월도 안 되었다. 나는 신의 인도로 이곳으로 왔다. 신은 이제 나를 여기서 다른 곳으로 데려가려 한다. 내게는 이제 아무런 증오도 자만심도 남아 있지 않다. 남은 것은 오로지 약간의 회한뿐이다. 신만은 그것을 알고 있으리라. 오, 거대한 도시여! 나는 너의 품에서 내가 찾던 것을 찾았다. 나는 너의 내부에 도사리고 있던 악을 찾아 그 뿌리를 뽑았다. 이제 내가 이곳에서 할 일은 끝났다. 이제 너는 내게 아무런 기쁨도 슬픔도 주지 못하리라. 안녕, 파리여! 안녕!'

이윽고 백작에게만 가능한 그 번개 같은 속도의 여행이 시작되었다. 마차가 샬롱에 도착하자 증기선이 그들을 기다리고 있었다. 마차는 즉시 배로 옮겨졌다. 배는 경주용으로 만들어져서 마치 철새처럼 물을 가르고 앞으로 나아갔다.

이윽고 마르세유가 보이기 시작했다. 두 사람에게는 무수한 추억이 담긴 곳이었다. 칸비에르에서 배를 멈춘 그들에게 똑같은 감동이 밀려왔다. 막시밀리앙이 백작의 팔을 잡으며 말했다.

"파라옹호가 되살아나서 항구로 들어올 때 아버지가 바로 여기 서 계셨어요. 제 팔에 안기시면서 흘리시던 눈물이 지금도 느껴집니다."

백작은 미소를 지으며 길 한 모퉁이를 가리켰다.

"나는 그때 저기에 있었소."

그때였다. 가슴을 에는 듯한 애절한 울음소리가 백작의 손가락이 향하는 쪽에서 들려왔다. 알지에를 향해 막 출발하려는 배에게 손짓을 하며 한 여인이 내는 울음소리였다. 여자는 얼굴에 베일을 쓰고 있어 그 얼굴이 보이지 않았다. 그러나 그 여인을 바라보고 있는 백작의 얼굴에 이상하게 동요의 기색이 일었다.

순간 떠나는 배를 열심히 바라보고 있던 막시밀리앙이 외쳤다.

"아니, 제가 잘못 본 건가요? 저기 모자를 흔들며 인사하고 있는 청년 보이시지요? 군복 입은 청년 말입니다. 알베르 드 모르세르 아닌가요?"

"맞아요. 난 이미 그런 줄 알고 있었소." 백작의 대답이었다.

백작은 다시 베일을 쓴 여인 쪽으로 시선을 돌렸다. 여자는 길 모퉁이 쪽으로 사라진 뒤였다.

그때 막시밀리앙이 백작에게 말했다.

"아버님 묘소에 가서 울고 싶어집니다."

"그럼 그렇게 해요. 나는 나중에 갈 테니 거기서 기다려요."

막시밀리앙은 백작과 헤어진 후 도시의 동쪽을 향해 걸어 갔다. 그가 사라지자 백작은 멜랑가의 가로수길 쪽으로 접어 들었다. 우리가 잘 알고 있는 그 작은 집을 찾아가는 길이었 다. 지난날 당테스 노인이 살고 있던 바로 그 집이었다. 당시 노인은 그 집 다락방에 살고 있었다. 하지만 지금은 메르세데 스가 작지만 아름다운 그 집 전체를 쓰고 있었다. 몽테크리스 토 백작이 그렇게 마련해준 것은 물론이다.

백작이 길 모퉁이로 돌아섰을 때, 떠나는 배를 보며 눈물 흘리던 여인이 막 문을 잠그고 있었다. 집에 도착한 백작은 쉽 게 낡은 문을 열었다. 그리고 망설이지도 않고 곧장 집 안으로 들어갔다.

집 안 오솔길 맨 끝에 자그마한 정원이 있었다. 백작이 24년 간 묻어온 돈을 메르세데스가 발견한 바로 그 정원이었다. 메 르세데스가 무성하게 잎이 난 재스민 그늘 밑에서 울고 있는 모습이 보였다.

백작은 두어 걸음 앞으로 걸어 나갔다. 그 소리에 메르세데스가 고개를 돌렸다. 그녀는 백작을 발견하고 너무 놀라 소리를 질렀다.

백작이 말했다.

"부인, 제가 부인을 행복하게 해줄 힘은 이제 없겠지요. 다만 부인을 위로라도 해드리고 싶어 왔습니다. 친구의 위로라고 생각하고 받아주겠습니까?"

"아, 이제 저는 이 세상에 혼자 남게 되었어요. 오직 아들 하나뿐이었는데 그 애도 떠나버렸으니……."

"아드님은 정말 훌륭한 결정을 한 겁니다. 조국을 위해 이바지하는 것보다 훌륭한 일은 없습니다. 아드님이 부인과 함께 있었다면 분명 허송세월을 보냈을 겁니다. 역경을 행운으로 바꿀 줄 아는 힘을 길러야 비로소 위대해질 수 있습니다. 아드님은 두 분의 미래를 새롭게 세우기 위해 부인 곁을 떠난 겁니다."

"그 애는 이곳에 오는 동안 제게 4,000프랑의 돈을 주면서 이렇게 말했어요. 저희에게 돈이 한 푼도 남지 않았을 때였죠.

'어머니 저는 어제 아프리카 기병대에 지원했습니다. 저는 이제 밑바닥까지 내려가는 삶이 얼마나 숭고한지 알았어요.

그리고 이 몸이야말로 제 재산이라는 생각이 들었어요. 이를 테면 제 몸을 판 셈이지요. 하지만 어머니 아무 걱정 마세요. 저는 어떻게 해서라도 살아남을 거예요. 전 요즘처럼 간절하게 살고 싶었던 적이 없어요. 제가 근사한 사람이 되어 돌아오길 기다리고 계세요. 어머니는 제가 살아야 할 유일한 이유예요. 제가 장교가 되어 돌아오면 둘이 떳떳하게 이 세상을 살아갈 수 있어요.'

저는 그가 무사하기만 간절히 기도하면서 살아갈 거예요. 백작님께는 정말 감사드려요. 제가 진정으로 행복했던 곳으로 돌아올 수 있게 해주었으니까요. 저는 이제 행복했던 곳에서 죽을 수 있게 된 거예요."

"부인은 저를 원망하지 않는군요. 이 모든 불행이 나 때문에 찾아온 것인데."

"제가 당신을 원망한다고요? 오히려 용서받아야 하는 건 바로 저예요. 저는 비겁한 마음에서 죄를 지었으니까요. 에드몽, 이제 제게 다정한 이야기를 해주시면 안 돼요. 전 이미 자격이 없어요."

백작은 그녀의 손을 잡으려 했다. 그러자 그녀가 손을 빼며 말했다.

"안 돼요. 제 손을 잡으시면 안 돼요."

그러더니 그녀는 얼굴을 살짝 덮고 있던 베일을 완전히 벗어버렸다.

"자, 보세요. 불행으로 제 머리는 이렇게 잿빛이 되었어요. 눈물로 지새느라 눈가에는 그늘이 생겼고 이마에는 온통 주름투성이에요. 하지만 당신은 여전히 젊고 건장해요. 그건 당신이 하느님을 향한 믿음 속에 당당하게 살았기 때문이에요. 하지만 저는 당당하지 못했어요. 비겁했던 거예요. 저는 하느님을 외면했던 거고 하느님께서도 그런 저를 버리신 거예요."

말을 마치자 그녀는 울음을 터뜨렸다. 백작은 그녀의 손을 잡고 정중하게 입을 맞추었다. 잠시 가만히 있던 그녀가 말을 이었다.

"단 한 번의 실수로 인생 전체를 파멸로 몰아넣는 사람들이 있지요? 제가 바로 그런 사람이에요. 저는 당신이 죽은 줄 알았어요. 그때 죽지 않는 실수를 범한 거지요. 당신을 잃은 슬픔을 평생 간직하고 산다는 건 아무 의미가 없다는 것을 몰랐던 거예요. 그래봤자 겨우 서른아홉에 쉰 살도 넘은 것처럼 늙

어버린 것밖에 없는데……. 게다가 저는 제 남편을 그냥 죽게 내버려두었어요. 실은 모든 것이 저 때문에 벌어진 일인데 그 사람이 배반자라는 생각만 한 거예요. 전 정말 비겁한 여자였어요. 주변 사람들은 모두 불행하게 만들면서 저 혼자 살아남았으니! 에드몽, 이제 작별 인사를 해주세요. 이제 정말로 마음까지 헤어지도록 해요."

백작은 마음이 쓰려왔다. 하지만 그녀를 더 이상 달랠 길은 없었다. 그가 말했다.

"그래도 제가 떠나기 전에 뭔가 도울 일이?"

"저는 바라는 게 아무것도 없어요. 단지 제 아들이 행복해지기만을 바랄 뿐……."

"그래요. 하느님이 하실 수 있는 일 빼놓고는 제가 뭐든 다 해준다고 약속합니다. 뭐든 다 제게 맡기세요."

"고마워요, 에드몽. 그렇게만 해준다면, 저는 아무것도 필요한 게 없어요. 저는 두 사람의 무덤 사이에서 살아가면 돼요. 이미 오래전에 죽은 에드몽 당테스의 무덤과 에드몽 당테스에 의해 죽은 사람의 무덤 사이에서……."

메르세데스는 백작의 손을 가볍게 잡았다 놓더니 계단을

향해 뛰어갔다. 그리고 곧 백작의 시야에서 사라졌다. 백작은 집을 나온 후 천천히 부두로 향했다.

집 안으로 들어간 메르세데스는 당테스 노인이 살던 방 창가에 서서 밖을 내다보고 있었다. 그녀의 시선은 아들을 태우고 먼 바다로 나아가고 있는 배를 향하고 있었다. 그러나 그런 그녀의 입에서 자신도 모르게 "에드몽, 에드몽!"이라는 낮게 속삭이는 듯한 중얼거림이 흘러나오고 있었다.

백작은 모렐 씨의 무덤으로 향했다. 그곳에는 모렐 씨 부부의 무덤이 나란히 놓여 있었다. 막시밀리앙은 나무에 기대서서 무덤을 바라보고 있었다. 마치 넋이 나간 사람 같았다.

그를 보자, 백작이 그를 불렀다.

"막시밀리앙, 그쪽을 보고 있다니, 여길 봐야지." 그는 하늘을 가리켰다.

"막시밀리앙, 나는 이제 볼일이 있어 다른 곳에 좀 가보려고 하는데, 당신은 여기서 날 기다리고 있겠소? 아니면 어디 가보고 싶은 곳이라도?"

"여기서 기다리는 게 나을 것 같아요."

"암튼, 여기서 당신과 나는 헤어져야 하니까, 나와 한 약속 믿고 있어도 되겠지?"

"아, 저도 그러고 싶지만……."

"이보시오, 막시밀리앙, 나는 당신보다 훨씬 불행한 사람들을 많이 알고 있소. 누구나 남들의 불행에 대해서는 눈감고 자신만이 이 세상에서 제일 불행하다고 생각하지요. 그건 인간의 무지요, 오만이오."

"하지만 진정으로 사랑하던 보물 같은 사람을 잃은 사람보다 더 불행한 사람이 있을까요?"

"내 얘길 들어보시오. 모든 행복을 한 여자에게 걸었던 남자가 있었소. 당신과 같았지. 그런데 둘이 막 결혼하려는 순간 가혹한 운명의 장난으로 그 남자는 아무 영문도 모르는 채 지하 감방으로 끌려가 갇히게 되었소. 아무런 죄도 짓지 않았는데……."

"하지만 지하 감방에서는 금방 나올 수도 있잖아요."

"14년이 금방이라면 금방 나온 셈이지."

"14년이나요?"

"그렇소. 그 사람도 절망에 빠져 자살하려 했소. 순간 하느님이 인간의 모습으로 나타나 기적을 주었소. 그는 14년 만에 거기서 빠져나올 수 있었소. 사랑하던 아버지는 이미 세상을 떠난 뒤였소."

"하지만 사랑하는 여자가 남아 있지 않았나요?"

"그렇지 않소. 그 여자는……."

"그 여자도 세상을 떠났나요?"

"그 이상이었소. 그 사람을 버리고 그를 모함에 빠뜨린 자 중의 하나와 결혼했소. 그러니 그 사람은 확실히 당신보다 더 불행했소. 하지만 그는 당신처럼 약한 마음을 품지 않았소."

그러자 비로소 막시밀리앙이 고개를 숙이고 말했다.

"백작님, 잘 알았습니다. 약속을 지키겠습니다."

"막시밀리앙, 10월 5일에 몽테크리스토섬에서 기다리겠소. 4일에 바스티아 항에 요트를 대기시켜놓겠소. 선장한테 당신 이름을 대면 곧바로 나에게 데려다줄 것이오. 그럼 약속을 믿고 떠나도 되겠소?"

"약속하겠습니다. 지금 떠나실 건가요?"

"이탈리아에 볼일이 좀 있소. 당신 혼자 내버려두고 갈 테니 스스로 불행과 싸워 이겨보시오."

막시밀리앙은 항구까지 백작을 전송했다. 증기선이 연기를 뿜으며 출발하고 백작은 로마로 떠났다.

당글라르의 심판

　　백작의 증기선이 마르세유 항을 떠난 지 얼마 안 되었을 바로 그 무렵, 한 사나이가 피렌체에서 로마로 가는 길 위를 역마차를 타고 달리고 있었다. 그는 자기 행적을 감추려는 듯 이상하게 길을 자주 바꾸었다. 긴 여행으로 인해 옷은 후줄근했지만 번쩍번쩍하는 레지옹 도뇌르 훈장 깃을 멋지게 달고 있었다. 훈장도 훈장이려니와 이탈리아어를 전혀 못하는 것으로 보아 프랑스 사람임이 틀림없었다.

　영원한 도시 로마가 눈앞에 보이게 되면 제일 먼저 눈에 확 띄는 성 베드로 성당의 원형 지붕을 보기 위해 사람들은 대개 자리에서 일어난다. 그런데 그 사내는 그런 호기심이 전혀 없는 것 같았다. 로마가 보이자 그는 주머니에서 지갑을 꺼냈다. 그러고는 지갑을 열고 넷으로 접은 종이쪽지를 꺼내어 조심스럽게 펼쳐보았다가 다시 접어 넣었다. 그러고는 얼마간 안심하는 표정이 되었다.

마차는 포폴로 문앞을 지나 얼마 후 호텔 앞에 멈추었다. 우리가 이미 자주 본 적이 있는 호텔 주인 파스트리니가 모자를 손에 들고 호텔 입구에서 손님을 맞이했다. 손님은 마차에서 내리더니 고급 식사를 주문한 후 톰슨 앤드 프렌치 상사의 주소를 물었다. 로마에서도 이름난 상사였기에 즉시 그 주소를 알 수 있었다. 그 상사는 성 베드로 성당 옆, 방키 거리에 있었다.

프랑스 인은 식사를 마치자마자 안내인을 데리고 톰슨 앤드 프렌치 상사를 찾아 나섰다. 어찌나 마음이 급했는지 마차에 말을 매다는 시간도 기다리지 못하고, 걸어서 그곳을 향했다. 그는 마차를 톰슨 앤드 프렌치 상사로 오라고 일렀다. 그는 채 마차가 따라오기도 전에 그곳에 도착했다.

그는 안내인을 객실에 남겨두고 안으로 들어갔다. 그런데 그가 안으로 들어가자마자 곧바로 그의 뒤를 따라 안으로 들어온 사나이가 있었다. 프랑스 인이 호텔을 나서자마자 줄곧 그의 뒤를 몰래 따라온 남자였다.

안으로 들어간 외국인은 "여기가 톰슨 앤드 프렌치 상사이지요?"라고 물었다. 그러자 사환으로 보이는 사나이가 일어서서 누구시냐고 물었다.

외국인이 대답했다.

"당글라르 남작이오."

"이리 오시지요." 사환은 당글라르를 안으로 안내했다. 둘은 문을 열고 안으로 사라졌다.

당글라르를 뒤따라온 사나이는 대기 의자에 앉아 있었다. 사무원은 5분가량 계속 무엇인가 쓰고 있었다. 이윽고 펜 소리가 멈추었다. 사무원은 고개를 들어 주위를 살펴보더니 아무도 없는 것을 확인하고는 그 사나이에게 말했다.

"웬일이야? 페피노 아닌가?"

상대방은 "응"이라고 짧게 대답했을 뿐이었다.

독자 여러분은 페피노가 누구인지 기억할 수 있을 것이다. 기억력이 가물가물한 독자 여러분을 위해 친절을 베풀어주기로 하자. 단두대에서 처형될 뻔했는데 몽테크리스토 백작과 루이지 밤파의 도움으로 살아난 바로 그 친구였던 것이다.

사무원이 물었다.

"저 뚱뚱한 친구를 뒤따라온 거지? 무슨 근사한 냄새라도 맡은 건가?"

"그냥. 여기 돈을 찾으러 왔겠지. 액수가 얼마인지는 몰라."

"내가 바로 알아봐줄게."

"지난번처럼 실수하지 말고 정확하게 알려줘. 지난번 러시아 귀족, 3만 에퀴를 가지고 있다고 하더니 2만 2,000에퀴밖에 없더군."

"알았어. 잠깐 기다려. 내가 액수를 알기도 전에 일이 끝나버리면 안 되니까."

사무원은 아까 사환과 당글라르가 사라진 문을 열고 들어가더니 잠시 후 싱글벙글하며 다시 나타났다.

"근사한데……. 만만치 않은 액수야." 사무원이 말했다.

"500~600만 정도 되나?"

"너 액수를 미리 알고 있었구나."

"몽테크리스토 백작 이름으로 된 어음과 바꾸려는 거지? 로마, 베네치아, 빈에서 찾게 돼 있지?"

"잘 아네. 그러면서 왜 나한테 물은 거야?"

"저치가 바로 우리가 찾는 인물인지 아닌지 확실히 하려고."

"저자가 틀림없어! 500만이라……. 나쁘지 않은데……. 안 그래, 페피노?"

그때 희색이 만면한 당글라르가 나타났다. 사무원은 다시 펜을 잡았고 페피노는 묵주를 들고 기도하는 척했다. 당글라르는 사무원의 배웅을 받으며 밖으로 나섰다. 물론 그 뒤를 페피노가 따랐다.

당글라르가 밖으로 나오니 마차가 기다리고 있었다. 그는 마차를 타고 호텔로 돌아왔다. 그가 호텔로 들어간 것을 본 페피노는 근처에 있던 한 소년의 귀에 대고 몇 마디 일렀다. 페피노의 말이 끝나자 소년은 신이 나게 카피톨리노 언덕을 향해 달려갔다.

다음 날 당글라르는 늦게 자리에서 일어났다. 오랜만에 잠을 푹 잔 것이다. 그는 아침을 든든히 먹은 후 마차를 정오에 대기시켜놓으라고 일렀다. 그에게는 이 영원한 도시를 관광할 마음이 전혀 없었던 것이다.

마차 주인이 게으름을 피웠는지 마차는 2시에야 왔으며 안내인은 3시가 되어서야 여권을 가져왔다. 새로 바뀐 마부가 "어디로 모실까요?"라고 묻자 당글라르가 "안코나 가도로"라고 대답했다. 물론 여관 주인이 통역을 해주었다.

당글라르는 그 길로 베네치아로 가서 일부 돈을 챙기고 다시 빈으로 가서 나머지 재산을 모두 현찰로 바꿀 생각이었다. 그리고 누구나 환락의 도시라고 말하는 그곳에 영원히 정착할 생각이었다.

로마 교외를 10여 킬로미터 정도 달렸을까, 벌써 어둑어둑해지기 시작했다. 당글라르는 이럴 줄 알았으면 호텔에 하루 더 묵고 떠날 것이라고 후회하기 시작했다. 그가 마부에게 언제쯤 마을에 도착하겠냐고 물어도 모르겠다는 대답만 들려올 뿐이었다.

마차는 계속 길을 달렸다. 당글라르는 조용히 눈을 감고 이런저런 생각에 잠겨 있었다. 그는 약 10분 정도 파리에 두고 온 아내 생각을 했다. 그리고 전 세계를 돌아다닐 자유분방한 딸 외제니 생각을 했다. 또 한 10분쯤은 자기가 돈을 횡령한 채권자들 생각을 하고 그들의 돈을 어떻게 쓸 것인가를 생각해보았다. 그다음에는 생각할 게 아무것도 없었다. 그는 마차

안에서 눈을 감고 편안히 잠이 들었다.

어느 순간 마차가 멈췄다. 당글라르는 '이제야 목적지에 도착했군'이라고 생각하며 흐뭇한 기분에 젖었다. 그는 도시 한복판을 머리에 그리며 밖을 내다보았다. 그런데 영 딴판이었다. 눈에 보이는 것이라고는 오막살이 집 같은 것 한 채뿐이었고 서너 명의 사람들이 마치 유령처럼 왔다갔다 하는 것이 보일 뿐이었다.

당글라르는 마부가 돈을 받으러 오기를 기다렸다. 그러나 말을 떼고 새 말을 다 맬 때까지 아무도 와서 문을 여는 이가 없었다. 당글라르는 이상해서 문을 열어보았다. 그러나 문은 이내 세차게 닫혀버렸다. 그러고는 마차가 다시 달리기 시작했다.

당글라르는 정신이 번쩍 들었다. 그는 창밖으로 고개를 내밀며 어디로 가느냐고 물었다. 그러자 묵직한 명령조의 이탈리어가 들려왔다. 당글라르는 알아들을 수 없었지만 "대가리 집어넣지 못해!"라는 뜻이었다. 그는 움찔해서 머리를 다시 집어넣었다. 은행가의 눈치였다.

그는 불안했다. 시간이 흐를수록 불안은 더 커졌다. 다시 용기를 내어 밖을 내다보니 오른쪽 옆에 외투를 입은 사나이가 말을 달리고 있는 것이 보였다. 고개를 반대 방향으로 돌려보니 왼쪽에도 한 사나이가 말을 달리고 있었다. 그는 생각했다.

'어이쿠, 이거 내가 체포된 거 아냐? 프랑스에서 로마에 지명수배 통신을 돌린 건가?'

그는 용기를 내어 다시 물었다.

"도대체 어디로 가는 겁니까?"

그러자 "대가리 집어넣지 못해!"라고 아까와 똑같은 말이 들렸다. 그는 꼼짝없이 체포된 것이라고 생각했다. 그는 오만 가지 생각에 잠겨 마차 한구석에 쓰러졌다.

잠시 후 궁금증에 다시 밖을 내다보니 로마 교외의 모습이 보였다. 분명 아까 지나온 풍경들이었다. 마차가 방향을 바꾸어 다시 로마로 돌아가고 있었던 것이다. 이제는 모든 것이 확실해졌다. 그는 체포된 게 틀림없다고 생각했다.

마차는 무시무시한 속도로 한 시간을 더 달렸다. 이윽고 마차는 로마 성벽을 끼고 달리기 시작했다.

'아니, 시내로 들어가지 않네. 그렇다면 경찰에 붙잡힌 게 아니구나, 그렇다면……'

당글라르의 머리털이 곤두섰다. 로마 산적들 이야기가 생각난 것이다. 알베르와 자기 딸 사이의 혼사가 깨지기 전에 알베르가 아내와 딸에게 해주었던 이야기다. 그는 경찰에 체포되지 않은 게 다행인지 아닌지 분간하기도 어려웠다.

이윽고 마차가 멎었다. 내리라는 명령이 떨어졌다. 당글라르는 그 말뜻을 알아듣고 마차에서 내렸다. 그는 죽은 목숨이라고 생각하고 주위를 둘러보았다. 마부 말고도 네 명의 사나이들이 그를 둘러싸고 있었다.

안내인이 당글라르를 오솔길로 인도했다. 세 명의 사나이가 그 뒤를 따르고 있었다. 안내인은 바로 페피노였다. 10분쯤 걷고 나니 언덕과 수풀이 눈앞에 나타났다. 그들은 지하 묘지로 내려가 산적들의 소굴로 들어갔다.

안으로 들어가니 바위 속에 뚫려 있는 커다란 방 같은 곳이 있었고 그곳에는 아치 모양의 입구를 통해 햇빛이 밝게 들어오고 있었다. 그곳에 두목 루이지 밤파가 있었다. 페피노가 두목에게 말했다.

"두목님, 정말 근사한 놈을 잡아왔습니다. 정말 대단한 놈입니다."

"이자가 그자인가?" 하고 두목이 물었다. 두목은 『플루타르코스 영웅전』을 열심히 읽고 있는 중이었다.

페피노가 "그렇습니다"라고 말한 후 횃불을 당글라르의 얼굴에 비추었다. 당글라르는 눈썹이라도 탈까봐 화들짝 뒤로 물러났다. 그의 얼굴에는 공포의 빛이 서려 있었다.

그를 보자 두목이 말했다.

"지친 모양이로군. 침대로 데리고 가."

당글라르는 침대라는 게 분명 벽에 파놓은 관일 거라고 생각했다. 당글라르는 신음소리를 내며 페피노의 뒤를 따랐다. 아무런 생각도, 힘도, 의지도 없이 그저 이끄는 대로 끌려갈 뿐이었다.

두목의 방을 나와 얼마 걸어가자 계단이 나왔다. 계단을 올라가자 바위를 깎아 만든 골방이 나왔다. 장식이라고는 없는 굴 같은 방이었지만 습하지도 않았으며 의외로 깨끗했다.

한쪽 구석에 건초를 깔고 양가죽을 덮어씌운 침대가 있었다. 진짜 침대를 본 당글라르는 자기가 죽지 않을 수도 있다는 희망이 생겼다. 이들이 자기를 사람대접 한다고 느꼈던 것이다.

안내인은 당글라르를 안으로 밀어 넣더니 문을 잠갔다. 안으로 들어간 당글라르는 그들이 자기를 죽이지 않으리라는 확신이 생겼다.

'그래, 이들은 돈을 요구할 거야. 내가 지금 수중에 현금이 얼마 없으니 나를 인질로 돈을 요구하겠지. 알베르를 붙잡았을 때 4,000에퀴를 요구했다고 했으니 내게는 적어도 8,000에퀴는 요구하겠지. 내가 풍채가 훨씬 좋으니까. 8,000에퀴라면 4만 4,000프랑이지. 그까짓 것 내줘도 505만 프랑 어음이 있으니 아무 문제없어.'

그는 아주 편안하게 잠이 들었다.

다음 날 그는 잠에서 깨어났다. 그리고 얼른 주머니를 뒤져 보았다. 로마에서 베네치아까지의 여비로 넣어두었던 100루이(2,000프랑)도 그대로 있었고 어음이 들어 있는 지갑도 얌전히 코트주머니 속에 들어 있었다. 시계를 보니 5시 반을 가리키고 있었다.

그는 그들이 몸값 요구를 해올 때까지 진득하게 기다리기로 결심했다. 그러나 아무도 찾아오는 자가 없었다. 그는 도대체 어떤 자가 자기를 감시하고 있는지 궁금해졌다. 문 쪽으로 시선을 돌리니 감방 문틈으로 램프 불빛이 새어 들어오고 있는 게 보였다. 문틈으로 내다보니 산적은 가죽 주머니에 들어 있는 브랜디를 마시고 있었다. 냄새가 여간 역겨운 게 아니었다. 그는 "어휴 메스꺼워"라고 중얼거리며 다시 방구석으로 물러섰다.

12시에 보초가 교대되었다. 당글라르는 새로 온 보초는 어떤 친구인가 궁금해서 다시 문틈으로 다가갔다. 무시무시하게 생긴 건장한 사나이였다. 사나이는 방 문 맞은편에 걸터앉더니 바구니에서 검은 빵과 양파, 치즈를 꺼내 우걱우걱 먹기 시작했다. 당글라르에게는 그 음식도, 그 음식을 먹는 모습도 역겨웠다. 그는 중얼거렸다.

"세상에! 저런 냄새나는 음식을 잘도 먹는군."

그런데 참으로 불가해한 것이 자연의 신비였다. 안으로 물러나 양가죽 위에 앉으려니 먼저 번 보초가 마시던 브랜디가 생각났다. 그리고 자신도 모르게 입맛을 다셨다. 그러더니 방금 역겹게 여겨졌던 음식이 그를 유혹했다. 배고픔이란 세상 모든 음식을 진미로 만들어버리는 요술을 발휘하는 법이니, 빵 색깔도 먹음직스럽기만 했고 치즈는 너무 신선해 보였다.

마침내 그것들이 집에서 요리사가 해주던 최고급 스튜를 연상시키게까지 되었다.

그는 일어나서 문을 두드렸다. 그러자 산적이 고개를 들고 "뭐야?"라고 물었다. 당글라르는 손가락으로 문을 두드리며 말했다.

"나한테도 뭘 좀 먹여줘야 할 것 아니오?"

그러나 그는 들은 체도 않고 먹는 일에만 열중할 뿐이었다. 당글라르는 자존심이 상했다. 그는 다시는 이런 야만인을 상대하지 않으리라 작정하고 양가죽 위로 가서 드러누웠다.

그렇게 네 시간이 흘렀다. 그러자 보초가 다른 산적으로 교체되었다. 당글라르는 창자가 뒤틀리는 것 같았다. 그는 조용히 일어나 다시 문틈에 눈을 대보았다. 그를 안내해주던 영리해 보이는 얼굴이 눈에 띄었다. 페피노였다. 그는 문을 마주보고 앉아서 다리 사이에 냄비를 놓고 있었다. 냄비 속에서는 베이컨과 이집트 콩이 향기로운 냄새를 뿜으며 끓고 있었다. 그 옆에는 포도 바구니와 포도주 한 병이 놓여 있었다.

이런 곳에서도 구면은 반가운 법인가보다. 그는 입에 군침을 흘리며 문을 두드렸다. 그러자 산적이 프랑스어로 "갑니다"

라고 대답했다. 그가 문을 열러 오자 당글라르는 가능한 한 상냥한 목소리로 말했다.

"대단히 실례지만 여긴 식사시간이 없나요? 제게는 식사를 주지 않아서……."

그러자 페피노가 놀란 척하며 말했다.

"아니, 뭐라고요? 각하께서 시장하시다 이 말씀인가요? 저는 웬만큼 안 드셔도 괜찮은 줄 알고."

'도대체 무슨 소리인지, 원. 24시간 동안 아무것도 입에 넣은 게 없는 판에.' 당글라르는 혼자 중얼거렸다.

그는 소리 높여 말했다.

"예, 배가 고파요. 몹시 배가 고프다 이 말이지요."

"달리 말한다면 그 무언가 음식을 드시고 싶다 이거로군요."

"그렇소. 되도록 지금 바로라면 좋겠소."

"그야 어렵지 않습니다. 여기선 뭐든 드릴 수 있습니다. 다만 돈은 내시겠지요? 정직한 기독교도라면 누구나 그렇게 하는 법이 아니겠습니까?"

"물론 돈은 내야지요. 사실은 잡아 가둔 사람들이 먹여주는 게 사리에 맞긴 하지만, 돈은 내지요."

"그렇다면 당장 갖다드려야지요. 자, 뭘 잡수시고 싶은지 말씀해주시지요."

"아무거나 좋소. 닭도 좋고 고기도 좋고 생선도 괜찮소."

"그럼 닭을 드릴까요?"

"좋소, 닭으로."

"잘 알았습니다. 여기 각하에게 닭 한 마리!"

페피노의 소리가 끝나기 무섭게 반은 벌거벗은 잘생긴 청년이 은쟁반에 닭을 담아 내왔다.

'이거 파리의 카페에 온 것 같군'이라고 당글라르가 중얼거렸다.

페피노는 청년에게서 쟁반을 받아 탁자 위에 놓았다. 양가죽 침대 외에 감방 안에 단 하나의 가구였다. 페피노는 끝이 뭉툭한 나이프와 나무로 만든 포크를 내주었다. 당글라르는 허겁지겁 닭을 썰기 시작했다. 그러자 페피노가 당글라르의 어깨에 손을 얹고 말했다.

"죄송합니다, 각하. 여기는 선불이라서. 다 먹고 나서 나중에 딴 소리하는 놈들이 많아서 어쩔 수 없습니다."

당글라르는 속으로 생각했다.

'바가지를 씌우겠다 이거로군. 그래, 이 안에서야 그냥 후하게 쳐주지 뭐.'

그는 큰 맘 먹고 1루이짜리 금화 한 닢을 페피노에게 던져주었다. 열 마리 정도의 닭 값에 해당되는 큰돈이었다. 페피노가 금화를 주워들자 당글라르는 다시 나이프를 닭으로 가져갔다.

그러자 페피노가 말했다.

"각하, 선금 1루이만 주신 겁니다."

"아니, 닭 한 마리에 1루이가 선금이란 말이오?"

"그렇습니다."

"좋소, 그렇다면 나머지는 얼마요?"

"4,999루이밖에 안 됩니다."

당글라르는 농담이라 생각하고 닭을 자르기 시작했다. 그러자 페피노가 자신의 왼손으로 당글라르의 오른손을 꽉 잡았다. 그런 후 오른손을 당글라르에게 내밀며 말했다.

"어서 잔금을 주십시오."

"아니, 그럼 농담이 아니란 말이오?"

"각하, 우리는 농담 같은 건 안 합니다."

"원 세상에! 닭 한 마리에 10만 프랑이나 하는 경우가 어디 있소?"

"각하, 여기는 지상이 아닙니다. 동굴 속이지요. 이런 곳에서 닭을 키우려면 보통 힘든 게 아니랍니다."

그러자 당글라르가 웃으며 말했다.

"아주 농담을 잘하는군요. 재미있어요. 하지만 배가 고프니 우선 먹고 봅시다. 자, 얼마 안 되지만 이 1루이는 당신에게 주는 거요. 받아두시오." 그는 다시 1루이를 페피노에게 주었다.

"그럼 4,998루이가 남았군요."

마침내 당글라르가 자기 처지도 잊고 소리쳤다.

"닭 한 마리에 5,000루이라니! 무슨 말도 안 되는 소리를! 절대로 그건 낼 수 없소."

당글라르가 소리를 치자마자 페피노가 눈짓을 했다. 그러자 젊은 산적이 닭고기를 휙 채갔다. 당글라르는 양가죽 침대 위에 몸을 눕히는 수밖에 없었다. 페피노는 문을 닫고 쩝쩝거리며 음식을 먹기 시작했다.

당글라르는 억지로 참아내려 애썼다. 그래도 30분 정도는 참을 만했다. 하지만 그 30분이 몇백 년은 되는 것 같았다.

결국 그는 다시 문을 두드렸다.

"이보시오, 이놈의 동굴에서는 닭 값이 그렇게 비싸니 빵 한 조각이라도 주시오."

그러자 페피노가 "빵"이라고 소리쳤다. 젊은 사나이가 빵 한 조각을 가지고 왔다.

"여기 있습니다."

"이건 얼마요?"

"2루이를 선불로 받았으니 나머지 4,998루이입니다."

"뭐야? 빵 한 조각에 10만 프랑이라고? 닭 한 마리도 10만 프랑이고?"

"네, 여기는 조금 먹든, 많이 먹든, 한 접시든, 열 접시든 값은 다 마찬가지입니다."

"무슨 말도 안 되는 소리를. 이보시오. 나를 굶겨 죽일 작정이라면 그렇게 하시오. 차라리 굶어 죽겠소."

"값을 치를 돈이 있으시면서 굶어 죽으시겠다니, 자살을 하시겠다는 거군요?"

당글라르는 화가 나서 소리 질렀다.

"뭘로 그 비싼 음식 값을 내라는 말이냐, 이 악당아!"

그러자 페피노가 침착하게 말했다.

"나리, 나리는 10만 프랑짜리 닭 50마리는 사실 수 있잖습니까? 거기다 반 마리를 5만 프랑에 더 사실 수 있을 텐데요."

산적의 말에 당글라르는 등골이 오싹해지면서 눈앞이 캄캄해졌다. 자기 주머니 속 어음 금액을 정확히 알고 있었던 것이다. 산적은 그냥 농담한 것이 아니었다. 그 농담에는 다 뜻이 담겨져 있었던 것이다. 그가 페피노에게 말했다.

"그럼 그 10만 프랑만 내면 닭은 먹을 수 있는 거요?"

"물론이지요."

"그 돈은 어떤 식으로 내야 하오?"

"아주 간단합니다. 나리는 로마의 톰슨 앤드 프렌치 상사에 예금 계좌가 있지요. 그 은행 앞으로 4,998루이짜리 어음 한 장 써주시면 됩니다. 우리는 그걸로 그 은행에서 돈으로 바꾸면 되고요."

당글라르는 페피노가 내민 종이와 펜을 받아 어음에 금액을 쓰고 서명했다. 그가 어음을 넘기자 페피노가 그에게 닭 쟁반을 넘겼다.

하지만 닭 한 마리로 해결될 문제가 아니었다. 이튿날 당글라르는 다시 배가 고팠다. 당글라르는 오늘만은 돈을 쓰지 않으리라고 결심했다. 그는 닭고기 반 마리와 빵 반쪽을 감방 한 구석에 미리 숨겨두었었고 그것으로 그럭저럭 허기는 달랠 수 있었다.

하지만 문제는 갈증이었다. 혓바닥이 갈라질 정도가 되기까지 참아보았지만 더 이상 견딜 수 없게 되자 그는 페피노를 불렀다.

페피노가 급히 달려와 물었다.

"나리, 어인 일로 부르셨습니까?"

"마실 것을 좀."

"나리, 아시겠지만 이곳의 포도주 값은 이만저만 비싼 게 아닙니다."

"그럼 물을."

"물이요? 나리, 이곳에서는 물이 포도주보다 더 귀하답니다. 워낙에 가물어서."

"그럼 포도주 한 잔 주시오."

"저희는 잔으로는 안 팝니다."

"그러면 제일 싼 것 한 병 주시오."

"여긴 모든 포도주 값이 똑같습니다. 한 병에 2만 5,000프랑입니다."

"아예, 나를 껍데기 벗기려드는군. 이보시오, 이러지 말고 두목을 좀 봅시다."

페피노는 선선히 그러겠다고 했다.

잠시 후 루이지 밤파가 당글라르 앞에 나타났다.

"당신이 두목이오? 아예, 내 몸값을 말해보시오."

"간단히 말씀드리지요. 지금 나리가 갖고 계신 500만 프랑이면 됩니다. 더 이상은 요구하지 않겠습니다."

당글라르는 심장이 터질 것만 같았다.

"그건 내 전 재산이오. 내게서 그걸 빼앗아가려거든 차라리 내 목숨을 가져가시오."

"저도 그러고 싶습니다만, 이곳에서 피를 흘리는 일만은 금지되어 있습니다. 저희들이 절대 복종하는 분이 그것만은 못하게 막으셨습니다."

"아니, 그렇다면 당신 위에 대장이 또 있단 말이오?"

"그렇습니다."

"그게 누굽니까?"

"하느님입니다."

"농담 말고. 그러니까 당신 대장이 나를 이 지경으로 만들 었다는 것 아니오? 그러지 말고 100만 프랑 줄 테니 나를 놓 아주시오."

"안 됩니다."

"그럼 200만? 300만? 아니오. 400만 프랑 내놓겠소."

"아니, 500만 프랑을 분명히 갖고 계신 걸 알고 있는데 왜 400만 프랑으로 흥정을 하시려 하시나요?"

"그럼 다 가져가시오. 그리고 날 죽이시오."

"괜히 흥분하시면 식욕만 왕성해집니다. 그러니 진정하 시지요. 식욕이 왕성해지면 하루에 100만 프랑씩 날아갈 텐 데……."

"흥, 마음대로 해보라지. 내, 절대로 서명하지 않을 테니."

당글라르는 고래고래 소리를 지른 다음 다시 양가죽 침대 에 가서 쓰러졌다.

그는 그렇게 서명 않고 꼬박 이틀을 버텼다. 그러나 그 다 음엔 할 수 없이 100만 프랑을 서명하고 식사를 시켰다. 그럴

듯한 만찬이 나오고 그는 100만 프랑을 냈다. 그렇게 12일을 지나고 나니 이제는 단 돈 5만 프랑밖에 남지 않았다.

수중에 5만 프랑밖에 남지 않자 그는 그것만은 꼭 건져보고 싶었다. 그는 그것만은 지키게 해달라고 신에게 울면서 기도했다. 그렇게 사흘이 흘러갔다. 그사이 그의 입에서는 끊임없이 하느님을 향한 기도가 새어나왔다. 그리고 이따금씩 그의 정신이 몽롱해지곤 했다. 그럴 때마다 창 너머로 어느 초라한 방에 누워 죽어가고 있던 노인의 모습이 어른거렸다. 굶어 죽어가던 노인의 모습이었다.

나흘째가 되자 그의 몰골은 이미 사람의 그것이 아니게 되었다. 그는 거의 산송장이 되어 전에 먹다 바닥에 떨어뜨린 빵 부스러기를 주워 먹었다. 그러다가 급기야는 바닥에 깔린 돗자리를 뜯어 먹기 시작했다. 그는 페피노에게 빵 한 조각을 구걸했다. 빵 한 입만 주면 1,000프랑을 내놓겠다고 했다. 하지만 페피노는 아무 대답도 하지 않았다.

드디어 닷새째가 되었다. 당글라르는 엉금엉금 문 앞으로 기어갔다. 그는 절망적인 몸짓으로 두목을 불러달라고 했다. 어둠 속에 밤파가 나타났다. 당글라르는 지갑을 내밀며 웅얼거렸다.

"자, 이게 마지막이오. 이걸 가져가시오. 제발 날 살려주시오. 놔달라는 말은 하지도 않겠소. 그저 죽지만 않게 해주오."

"정말 힘든 모양이지요?"

"보면 모르오?"

"하지만 이 세상에는 이보다 더 큰 고통을 당한 사람들이 있지. 심지어 굶어 죽은 사람들이 있단 말이오."

당글라르에게는 다시 그 초라한 방 침대에 누워 있던 노인의 영상이 떠올랐다.

"맞소, 맞소."

"그렇다면 당신은 최소한 후회는 하는 건가요?"

"뭘 후회한단 말이요?"

"당신이 저지른 잘못들을!"

"물론이지요. 진심으로 후회하고 있습니다. 다시는 그런 죄를 안 지을 겁니다."

"내 그 말을 믿고 용서해주지."

순간 밤파는 걸치고 있던 외투를 벗어던졌다. 그는 한 걸음 앞으로 나와 불빛 아래 섰다. 당글라르의 얼굴이 굶주림으로 인한 고통에서 두려움으로 변했다.

"몽테크리스토 백작!"

"잘못 보셨소. 난 몽테크리스토 백작이 아니오."

"그렇다면 당신은 누구요?"

"당신 때문에 신세를 망친 사람이지. 오로지 당신의 야욕을 위해 딛고 올라섰던 사람 중 한 명. 당신 때문에 나의 아버지가 굶주려 돌아가셨지. 나는 당신을 굶겨 죽이려다 지금 용서해주려 하고 있소. 왜 그런지 아시오? 나 자신도 하느님께 용서를 받아야 하는 인간이기 때문이오. 이제 내가 누구인지 알겠소? 나는 에드몽 당테스요."

당글라르는 외마디 비명을 지르더니 그대로 땅바닥에 엎드렸다.

"일어나시오. 이것도 운명이요. 당신은 운이 좋아 용서를 받게 된 거요. 당신과 공모했던 두 명 중 한 명은 자살했고 한 명은 미쳐버렸소. 이 5만 프랑은 그대로 가지고 계시오. 내가 주는 거요. 당신이 양육원에서 훔친 500만 프랑은 벌써 돌려주었소. 자, 오늘은 실컷 먹고 마시도록 하시오. 내가 한턱 내는 거니까."

그는 곁에 있던 진짜 루이지 밤파를 보며 말했다.

"이보게, 오늘 배불리 먹이고 바로 석방시켜주게."

말을 마친 백작은 복도를 따라 사라졌다. 당글라르는 고개를 들지 못했다.

백작의 명대로 밤파는 그날 저녁 당글라르에게 최고급 포도주와 식사를 갖다주었다. 그러고 나서 당글라르를 역마차에 싣고 길거리에 내려놓았다. 시냇가였다. 그는 날이 샐 때까지 그곳에 그대로 있었다. 날이 새자 그는 물을 마시기 위해 몸을 구부렸다. 물에는 며칠 사이에 머리가 하얗게 센 노인의 얼굴이 비치고 있었다.

대단원: 10월 5일

저녁 6시쯤이었다. 금빛 찬란하게 빛나던 가을 해가 푸른 바다 위로 떨어지고 있었다.

지중해 연안으로부터 선들바람이 불어오고 있었다. 그 미풍을 받아 가볍고 날씬한 요트 한 척이 백조처럼 수면 위를 스치고 있었다. 튀니지에서 베네치아까지 펼쳐진 드넓은 호수였다.

요트에 타고 있던 키 큰 청년이 커다란 모자처럼 생긴 육지가 눈앞에 다가오는 것을 바라보며 선장에게 물었다.

"저게 몽테크리스토섬인가요?"

"그렇습니다, 나리."

얼마 후 섬 쪽에서 불빛이 한 번 번쩍이더니 총성 한 방이 울렸다. 섬에서 보내는 신호였다. 선장이 청년에게 총을 건네주자 청년은 총을 천천히 들어 올려 하늘을 향해 한 발 발사했다.

10분 후 요트는 항구에서 조금 떨어진 곳에 닻을 내렸다. 그곳에는 사공 네 명이 탄 보트가 그들을 기다리고 있었다. 청년이 보트에 오르자 사공들이 배를 젓기 시작했다. 보트는 삽시간에 작은 만에 도착했다. 청년은 두 사람의 안내를 받아 해안 쪽으로 걸어갔다.

사방이 어두웠다. 해안에 도착해서 그가 주위를 돌아보고 있는데 누군가 그의 어깨에 손을 얹었다.

"어서 오시오, 막시밀리앙. 정확하게 왔군요. 고맙소."

청년은 반갑게 그 사람의 손을 잡으며 말했다. "오, 당신이었군요, 백작님!"

백작이 웃는 얼굴로 말했다.

"아이고 흠뻑 젖으셨군. 자, 옷을 갈아입읍시다. 이리 오시오. 머물 곳도 다 준비되어 있으니."

"백작님, 파리에서 뵐 때와는 다른 분이 되셨네요."

"어떻게 달라졌단 말인가요?"

"그렇게 웃으시니 말입니다."

"여기서 당신을 다시 만나니 행복해서 그렇소."

"백작님이 그렇게 웃으시니 정말 보기 좋아요. 계속 그렇게 웃음을 보여주세요, 오, 당신은 인정이 많으신 분입니다. 제게 용기를 주려고 일부러 그렇게 웃고 계신 거지요? 제 괴로움을 잊게 하시려고."

"아직도 마음의 상처가 아물지 않았군요."

"어떻게 그렇게 쉽게 아물 수 있겠습니까? 저는 친구의 품 안에서 죽기 위해 이곳에 온 것입니다."

"막시밀리앙, 당신은 아직도 그렇게 슬픈 이야기를 할 만큼 허약한 사람인가요? 막시밀리앙, 모든 희망이 사라진 슬픔의 순간에도 우리가 의지할 곳은 영원히 있습니다. 바로 하느님입니다."

"아닙니다. 저는 그렇게 허약하지도 않고 복잡하지도 않습니다. 저는 단순합니다. 저는 백작님 말씀대로 한 달 동안 희망을 가지고 기다렸습니다. 어떤 희망이었을까요? 그건 저도 모릅니다. 무엇인지도 알 수 없고 터무니없는 그 무엇이었지요. 하지만 백작님의 말씀을 듣고 보니 그런 희망 같은 건 없다는 걸 확인할 수 있게 되었습니다. 이제 저를 조용히 눈감게 해주세요. 백작님께서는 제가 살아야 할 마지막 날을 10월 5일까지로 정해주셨고 오늘이 바로 그날입니다."

막시밀리앙은 시계를 보더니 이어서 말했다.

"지금 9시로군요. 앞으로 세 시간은 더 살아야 하는군요."

백작이 말했다.

"좋아요. 나를 따라와요."

백작은 그를 동굴로 안내했다. 막시밀리앙은 어디로 가는지 의식하지도 못한 채 그를 따라갔다. 막시밀리앙은 발밑에 양탄자가 밟히는 것을 느꼈다. 이윽고 문이 열리자 짙은 향기가 확 풍겨왔고 강한 빛에 눈이 부셨다.

백작이 말했다.

"어때요? 옛 로마인들 흉내를 내서 마지막 세 시간을 꽃향기와 함께 보내는 게?"

막시밀리앙은 미소를 지어 보였다.

"좋도록 하시지요. 죽음이란 결국 죽음 이상은 아니니까요. 그것은 망각이며 안식이지요. 생이 사라지는 것이지요. 결국 괴로움이 사라지는 것 아니겠어요?"

그는 의자에 앉았다. 백작도 맞은 편 의자에 자리를 잡았다.

막시밀리앙이 백작에게 말했다.

"백작님, 백작님은 인간들의 세계보다 훨씬 앞서 있는 세상에서 이리로 내려오신 것만 같습니다."

"그럴지도 모르지요. 고통이라는 별에서 내려온 사람이니까요."

"저는 백작님 말씀이라면 생각도 않고 그냥 믿어버립니다. 당신이 살아 있으라고 해서 아직까지 살아 있는 게 바로 그 증거이지요. 당신이 희망을 가지라고 해서 희망도 가졌습니다. 백작님, 백작님은 죽음을 경험하신 분 같은 생각이 듭니다. 감히 묻겠습니다. 죽는다는 건 정말 그렇게 괴로운 건가요?"

백작이 진지하게 대답했다.

"그럼요. 살고 싶어 하는 육체를 난폭하게 파괴하는 거니까 괴롭지요. 하지만 죽음이란 우리가 그것을 어떻게 다루느냐에 따라 때로는 우리를 따뜻하게 안아주는 유모가 될 수도 있습니다. 인간이 죽음의 비밀을 모두 깨치는 순간, 연인의 팔에 안겨 단잠에 빠지듯 행복하게 눈을 감을 수도 있겠지요."

"백작님은 제게 그런 죽음을 맛보게 하시려고 저를 여기까지 부르신 거군요."

"맞았어요. 그럴 생각이었어요."

"감사합니다. 그렇게 조용히 죽을 수도 있다고 생각하니 가련한 제 마음도 즐거워지는 것 같습니다."

"정말 아쉬움 같은 건 없어요?"

"없습니다."

백작은 막시밀리앙이 발랑틴 없는 세상을 진정으로 불행한 세상으로 여기고 있음을 확신했다. 백작이 그에게 말했다.

"막시밀리앙, 알았어요. 절대로 뜻을 굽히지 않겠다 이거로군요. 당신은 정말 불행의 끝을 맛본 사람인 것을 인정하지 않을 수 없어요. 기적만이 당신을 돌이킬 수 있음을 알겠어요. 자, 여기 앉아요. 그리고 조용히 기다리도록 해요."

막시밀리앙은 시키는 대로 했다. 백작이 일어서더니 열쇠로 잠겨 있던 옷장에서 조심스레 조그만 상자를 꺼냈다. 상자 안에는 반쯤 굳은 액체가 들어 있었다. 여러 가지 색으로 아롱진 액체였다. 백작은 그것을 한 숟가락 떠서 막시밀리앙에게 주었다.

"자, 이게 내가 당신에게 약속한 거요."

막시밀리앙은 조금도 주저하지 않고 백작이 주는 액체를 음미하듯 마셨다.

금방 막시밀리앙에게 고통이 찾아왔다. 보이는 모든 것들의 형태와 색이 사라지고 흔들리는 것 같았다. 이어서 흔들리는 그의 눈에 문과 커튼이 열리는 것을 느낄 수 있었다.

막시밀리앙이 말했다.

"백작님, 이제 제게 죽음의 문이 열리는가봅니다. 정말 이렇게 편안하게 죽음을 맞이하게 해주셔서 정말 감사합니다."

그는 마지막으로 백작의 손을 잡으려 했다. 그러나 손은 맥없이 밑으로 떨어졌다. 백작이 웃고 있었다. 예전의 기이한 웃음이 아니라 애정이 가득한 웃음이었다. 잠시 후 백작의 모습이 점차 커지는 것을 느꼈다. 잠시 후 막시밀리앙은 의자 위에 푹 쓰러지더니 기분 좋은 혼수상태에 빠져들었다.

그의 무기력한 눈이 자꾸 감겼다. 그런데 눈꺼풀 사이로 어떤 그림자 하나가 움직이는 게 보이는 것만 같았다. 그러자 눈부신 빛이 막시밀리앙이 편안하게 임종을 맞이하고 있는 방안으로 밀려들어왔다. 그리고 방 한구석에 아주 아름다운 여인이 서 있는 것이 보였다. 부드러운 미소를 띠고 있는 것이 마치 자비의 천사 같았다.

막시밀리앙은 천국의 문이 열렸다고 생각했다. 그리고 그 천사가 자기가 잃어버린 천사와 비슷하다는 생각을 했다.

몽테크리스토 백작이 그 천사 같은 여자에게 막시밀리앙이 누워 있는 의자를 손가락으로 가리키자 여자는 미소를 띤 채 막시밀리앙에게로 다가갔다.

막시밀리앙이 혼신의 힘을 다해 "발랑틴! 발랑틴!"이라고 소리쳤지만 입 밖으로 한 마디도 새어나오지 않았다.

백작이 여인에게 말했다.

"발랑틴, 당신을 부르는 겁니다. 죽음이 당신들을 갈라놓으려고 했었지요. 그런데 다행히 내가 그 죽음을 물리쳤지요. 앞으론 이 지상에서 두 사람이 떨어지는 일은 없을 겁니다. 저 사람은 당신 곁으로 가려고 스스로 무덤 안으로 뛰어들었습니다. 이제 두 분을 모두 살아 있는 채 만나게 해드리지요. 하느님께서 내가 두 사람을 구해내고 이렇게 만나게 해준 일을 기억해 주시기만 바랄 뿐입니다."

발랑틴은 백작의 손을 잡았다. 그리고 그 손을 자기 입술에 갖다 댔다.

"진심으로 감사드려요. 제가 백작님께 얼마나 감사드리는 지는 하이데 언니에게 물어보세요. 그리고 저를 지금까지 돌봐주신 하이데 언니에게도 정말 감사해요."

그 말을 들은 백작이 말했다.

"발랑틴, 방금 하이데를 언니라고 불렀지요? 정말 그 사람을 언니로 삼고 돌봐주시오. 하이데는 이제부터 세상에 혼자 남게 될 거요."

그때였다.

"혼자라니요? 왜요?"라는 목소리가 들렸다. 백작은 뒤를 돌아다보았다. 하이데였다.

"너는 내일부터 자유의 몸이 될 테니까. 너는 왕자의 딸이야. 나는 너에게 네 아버지의 이름과 재산을 돌려줄 거야."

하이데의 얼굴은 창백했다. 눈에는 눈물이 가득했다.

"그럼 저를 버리고 가시겠다는 말씀이신가요?"

"하이데, 너는 젊고 아름다워. 나 같은 사람은 잊어야 돼. 그리고 행복해야 해."

"알겠어요. 명령대로 하겠어요. 당신의 이름은 영영 잊고 행복하게 살겠어요."

그러자 발랑틴이 말했다.

"백작님, 백작님은 정말 언니의 마음을 모르시는 거예요? 언니가 얼마나 괴로워했는데…….."

하이데가 가슴이 에이는 듯한 목소리로 말했다.

"어떻게 아시겠어요. 저는 저분의 노예일 뿐인데요. 저를 안 보시겠다는 것도 저분의 권리인 것을."

백작은 그녀의 목소리에 몸이 오싹해졌다. '아아, 나는 그녀를 딸처럼 사랑해왔다고 생각했지만, 그것은, 그것은…….. 아아, 내가 짐작하고 있던 것이 사실이었단 말인가!'

갑자기 그의 가슴에서 뜨거운 것이 솟구쳐 올랐다. 그의 눈이 하이데의 눈과 마주쳤다.

"하이데! 너, 나와 함께 있으면 정말 행복하겠니?" 백작이 떨리는 음성으로 말했다.

"당신이 저를 떠나면 저는 죽을 거예요."

"그럼 너는 나를 사랑하고 있니?"

"그럼요, 사랑해요. 당신은 이 세상에서 가장 훌륭하고, 가장 선하고, 가장 위대한 분이니까요."

대단원: 10월 5일

"그래 하이데, 네 말대로 하자. 네 말에서 나는 하느님이 나를 용서해주신다는 걸 알았다. 그래, 하이데, 나를 사랑해다오. 하이데, 나는 이제 모든 것을 잊을 수 있을 것이다. 바로 너의 사랑으로. 네 한 마디가 내가 지니고 있던 그 어떤 지식보다 나를 밝게 해주었다. 너로 인해 나는 살아갈 수 있고 괴로워할 수도 있으며 행복할 수도 있다."

그는 한쪽 팔로 하이데를 안고 방에서 나갔다.

그로부터 얼마간 시간이 흘렀다. 발랑틴은 막시밀리앙을 바라보며 곁에 앉아 있었다. 이윽고 잠잠하던 막시밀리앙의 심장이 다시 뛰기 시작했고 그의 입술 사이로 숨결이 새어나오기 시작했다.

마침내 그가 눈을 떴다. 처음에는 흐릿했으나 곧 모든 것이 또렷하게 보이기 시작했다. 발랑틴이 보였다. 그는 큰 소리를 질렀다. 그는 자신의 눈을 믿을 수 없다는 듯 그 자리에서 털썩 무릎을 꿇었다.

이튿날 새벽이었다. 새날의 햇살을 맞으며 젊은 두 남녀가 팔짱을 끼고 해안을 산책하고 있었다. 발랑틴은 자기가 기적

적으로 살아난 일, 이곳까지 오기까지 과정을 막시밀리앙에게 모두 이야기해주었다.

그때였다. 누군가 다가오고 있는 것이 보였다. 발랑틴이 그를 보자 말했다.

"어머나, 선장님 아니세요?"

자코포였다. 그가 말했다.

"백작님께서 두 분께 이 편지를 전해드리라고 하셔서요."

막시밀리앙이 편지를 받아 읽기 시작했다.

친애하는 막시밀리앙.

두 사람을 위해 돛단배 한 척을 마련해 놓았소. 자코포가 두 사람을 리보르노까지 모셔다 줄 거요. 거기 가면 누아르티에 노인께서 두 분의 결혼을 축복해주기 위해 기다리고 계실 것입니다. 이 동굴 안의 모든 것과 샹젤리제의 저택은 모두 당신의 것이오. 에드몽 당테스가 옛날 선주였던 모렐 씨의 아들에게 주는 결혼 선물이오. 한 가지 부탁이 있소. 발랑틴 양이 그 선물의 반을 받아 주시오. 그 외 발랑틴 양의 재산은 모두 모두 파리의 가난한 사람들에게 기증해주었으면 하는 뜻에서 하는 말이오.

막시밀리앙! 이 세상에는 행복도 없고 불행도 없는 법이라오. 다 상대적이기 때문이라오. 그리고 가장 큰 불행을 겪은 자만이 가장 큰 행복을 느낄 수 있는 법입니다. 당신은 죽음도 불사할 불행을 맛보았으니 행복을 얼마든지 맛볼 수 있을 것입니다.

진심으로 사랑하는 두 분, 부디 행복하길 바라오. 그리고 신이 인간에게 환하게 미래를 밝혀주실 그날까지 우리 인간이 간직해야 할 지혜는 바로 이 두 마디 속에 있다는 것을 잊지 마십시오.

'기다려라! 그리고 희망을 가져라!'

당신의 친구, 에드몽 당테스
몽테크리스토 백작

막시밀리앙이 말했다.

"백작님은 친절이 지나치셨어. 얼마 안 되는 내 재산으로도 우리는 행복할 수 있는데."

이어서 그가 자코포에게 말했다.

"백작님은 어디 계십니까? 그분을 당장 만나보고 싶소."

자코포는 수평선을 손으로 가리키며 말했다.

"저길 보십시오."

자코포가 가리키는 곳을 바라보니 저 멀리 수평선 위로 갈매기 날개 크기의 흰 돛이 보였다. 막시밀리앙이 소리쳤다.

"오, 떠나셨구나! 멀리 떠나셨어! 안녕히 가세요, 저의 영원한 친구! 안녕히 가십시오, 아버지!"

발랑틴도 말했다.

"정말 떠나셨군요! 잘 가요, 내 친구! 잘 가요, 다정한 나의 언니!"

막시밀리앙이 눈물을 훔치며 말했다.

"언제 다시 저분들을 만날 날이 올 수 있을까?"

"막시밀리앙." 발랑틴이 말했다.

"백작님이 그러셨잖아요. '기다려라! 그리고 희망을 가져라!' 인간이 간직해야 할 지혜는 이 두 마디 속에 있다고요."

『몽테크리스토 백작』을 찾아서

　많은 사람에게 역사상 최고의 이야기꾼을 딱 한 명 꼽으라
는 아주 무리한 요구를 하면 과연 누가 뽑힐까? 확실히 보장
할 수는 없지만 혹시 '알렉상드르 뒤마'가 아닐까? 어쨌든 내
게 누군가 그런 질문을 던진다면 나는 서슴지 않고 알렉상드
르 뒤마를 꼽을 것이다. 그가 바로 『몽테크리스토 백작』을 쓴
작가이기 때문이다.

　여러분에게 묻자. 여러분은 『몽테크리스토 백작』을 손에 잡
은 뒤 과연 얼마 만에 이 소설을 독파했는가? 과연 이 소설
을 도중에 팽개친 채 잊어버릴 수 있었는가? 아마 특별한 사
정이 있지 않는 한, 도중에 이 소설을 손에서 놓아버린 독자는

별로 없을 것이다. 그만큼 한번 소설 속에 발을 들여놓은 사람을 놓아주지 않는 흡입력을 이 작품은 지니고 있다. 한마디로 재미가 있다. 이야기가 지녀야 할 첫 번째 덕목은 바로 재미이니, 이 작품의 작가가 최고의 이야기꾼의 하나로 꼽힐 수 있는 건 당연한 일이다.

『몽테크리스토 백작』은 원래 1844년 8월부터 1846년 1월까지 당시 가장 유력했던 신문인 「논단」에 연재되었던 소설이다. 지금이야 소설을 연재하는 신문이 드물지만 내가 젊었을 때까지만 해도 신문을 받으면 제일 먼저 눈이 가는 곳이 바로 연재소설 난이었다. 그날 분 소설을 읽은 후 다음 날 연재분을 애타게 기다리곤 했다. 지금 TV드라마 못지않은 인기가 있었다고 보면 된다.

알렉상드르 뒤마가 『몽테크리스토 백작』을 신문에 연재하던 시절은 더했다. 당시는 신문과 경쟁할 다른 매체가 아예 없었다. 신문이 지금의 텔레비전 및 인터넷 매체가 하고 있는 역할을 도맡았다고 보면 된다. 그런 상황에서 유력 신문에 1년 반 가까이 소설을 연재할 수 있었다는 것은 뒤마가 당대에 대단한 인기를 끌었던 작가라는 것을 증명해준다.

『몽테크리스토 백작』을 읽으면 그런 신문 연재소설의 특징이 아주 잘 드러나 있다. 끊임없이 독자의 호기심을 자극하고, 다음에 벌어질 일을 궁금하게 만든다. 뒤마는 그런 궁금증을 자아내게 만드는 데 천재다.

그러나 뒤마의 천재성은 거기서 그치지 않는다. 나는『몽테크리스토 백작』을 읽을 때마다 그 촘촘한 구성에 놀란다. 그 어떤 작은 디테일 하나도 전체 스토리와 연관되지 않은 것이 없다는 사실에 놀란다. 매일매일 쓰는 신문 연재소설에서 전체적 구도가 거의 완벽하게 짜여 있다는 것, 그것이 이야기꾼으로서의 뒤마의 천재성을 여실히 보여준다.

누구나 알고 있듯이『몽테크리스토 백작』은 복수극이다. 자신을 파멸로 이끈 세 명의 인물에 대한 복수극이다. 여기서 여러분에게 질문 하나 하자. 여러분은 소설을 읽으면서 당글라르와 페르낭과 빌포르, 세 명 중 누구의 죄가 가장 크다고 느꼈는가? 시기심에 사로잡혀 애당초 음모를 꾸민 당글라르인가, 질투에 눈이 멀어 연적을 음해하는 글을 검찰로 보낸 페르낭인가, 아니면 출세를 위해 죄 없는 사람을 감옥에 넣은 검사 빌포르인가?

질문을 바꾸어보자. 작가인 뒤마는 셋 중 누구를 가장 큰 죄인으로 여겼을까? 복수의 순서로 보면 당글라르를 가장 큰 죄인으로 본 것 같기도 하다. 영화이건 소설이건 대개 가장 큰 악당을 최후에 처리하지 않는가? 하지만 내용으로 보면 빌포르인 것 같기도 하다. 장인 장모에 부인과 딸, 아들이 모두 죽어버리고 자신은 미쳐버리는 끔찍한 벌을 받았기 때문이다.

여러분끼리 그들이 지은 죄, 그들이 받은 벌을 화제로 해서 토론을 한 번 벌여보라. 그러다보면 이 소설이 단순한 복수극이 아님을 알 수 있게 될 것이다.

딱 잘라 말하자. 『몽테크리스토 백작』은 복수의 드라마이면서 동시에 사랑과 용서와 희망의 드라마다. 죄의 경중에 따라 셋을 응징한 것이 아니라 증오와 사랑과 희망이 서로 얽히면서 복수의 내용이 달라지는 것이다.

가만 생각해보자. 우리는 무심코 『몽테크리스토 백작』을 복수극으로 읽는 데 익숙해 있지만 자세히 보면 복수극이 아니다. 세 명의 인물은 에드몽 당테스, 즉 몽테크리스토 백작에게 지은 죄 때문에만 벌을 받는 것이 아니다. 그들이 살아오면서 저지른 다른 죄들 때문에 벌을 받는 것이다. 그들은 에드몽 당테스 개인의 복수의 대상이 아니라, 그들이 지은 죄에 대해 하늘이 내리는 응징의 대상이 된다. 그 순간 몽테크리스토 백작은 개인적 복수를 행하는 인물에서 하느님을 대신하는 사도로 변하게 된다.

몽테크리스토 백작이 복수를 하면 할수록 통쾌한 승리감을 맛보지 못하는 것은 그 때문이다. 빌포르에게 복수한 후에는 그 한도를 넘었다며 고뇌에 빠지고 나중에 당글라르는 용서해주기까지 한다. 페르낭은 총으로 자살하게 만들고 빌포르는 미치게 만들면서, 당글라르를 용서해주는 것은 그가 지은 죄가 가장 가볍기 때문이 아니다. 백작 스스로 자신도 용서받아야 할 인간임을 깨달았기 때문이다. 죄지은 자를 응징함으로써 처벌이 끝나는 것이 아니라, 자신도 죄를 지었음을 자각하면서 처벌이 끝나는 것, 바로 그것이 이 작품을 영원한 명작으로 만들었다.

신문 연재 후 열여덟 권으로 출간된 『몽테크리스토 백작』은 대단한 인기를 누려 출판된 그해에만 4판을 찍었다. 그뿐 아니라 무수한 해적판까지 등장해서 돌아다녔다. 이어서 영국에서 출판되었고, 거의 모든 유럽어로 번역되어 대단한 인기를 누렸다.

지금까지 전 세계 독자들이 가장 애독하는 소설 중의 하나이며, 수많은 연극, 오페라, 드라마, 영화로 재창조되고 있다. 〈몽테크리스토 백작〉이라는 제목의 영화가 10편 이상 만들어진 것은 이 작품이 시대를 뛰어넘는 흥미로운 이야깃거리를 끊임없이 사람들에게 제공해준다는 가장 확실한 증거다.

알렉상드르 뒤마는 1802년 프랑스 빌레르코트레에서 출생했다. 포병으로 아이티에 근무하던 그의 할아버지는 그곳에서 아프리카계 여인과 결혼하여 그의 아버지 도마 알렉상드르 뒤마를 낳았다. 도마 알렉상드르 뒤마는 프랑스 대혁명 당시 나폴레옹 보나파르트 휘하의 장군으로 활약했다. 뒤마가 태어난 1802년 무렵 도마는 퇴역하여 고향으로 돌아온 뒤 뒤마가 4세이던 1806년 사망했다. 당시 가세가 상당히 기울어 집과 재산을 처분할 수밖에 없는 상태였다.

어려운 가정 형편으로 인해 뒤마는 정규 교육을 받을 수 없었다. 그러나 어려서부터 독서를 좋아하여 손에 잡히는 대로 책을 읽었다. 나폴레옹이 프랑스의 황제로 즉위하자 그의 집

안은 여전히 가난했지만 아버지의 명망으로 인해 귀족들과 알고 지내는 사이가 되었다. 1822년 부르봉 왕정복고가 일어난 후 뒤마는 파리로 가 오를레앙 공 루이 필리프의 루아얄 궁전 사무실에 취직했다.

안정적인 직업을 갖게 된 뒤마는 잡지에 극본을 기고하기 시작했다. 1829년 그의 첫 번째 단행본으로 출간된 희곡『앙리 3세와 그의 궁정』의 성공으로 뒤마는 대중적인 명성을 얻게 되었다.

뒤마는 시대 변화에 민감한 작가였다. 극작가로서 성공을 거두자 뒤마는 당시 빠르게 성장하던 언론 매체인 신문에 연재소설을 기고하기 시작했다. 1838년 발표된 그의 첫 소설『자본가 폴』은 기존에 발표했던 동명의 희곡을 각색한 것이었다. 뒤마는 이후에도 같은 방식으로 수많은 자신의 희곡을 소설로 각색하여 발표했다. 1840년 2월 뒤마는 여배우인 이다 페리에와 결혼했지만 다른 여인들과도 연애를 해서 적어도 네 명의 사생아를 낳았다. 그 자녀들 가운데 양재사인 마리로 르카트린 라베가 낳은 아이가 아버지의 이름을 그대로 딴 아들이었다. 그런데 바로 그 아들이 아버지의 길을 따라 걸어 극

작가, 소설가로 성공을 거두었다. 아버지와 아들이 이름이 같기 때문에 아버지는 뒤마 '페르'(아버지), 아들은 뒤마 '피스'(아들)라고 불린다.

1844년 뒤마는 『삼총사』를 발표하여 대호평을 얻는다. 그리고 두 해에 걸쳐 쓴 『몽테크리스토 백작』은 그를 세계적인 작가로 만들어주었다. 뒤마는 많은 인기 작품을 출판했고 그로 인한 수입도 컸다. 그러나 그는 호화스런 생활과 여성 편력에 들인 비용 때문에 빚더미에 몰려 자주 파산을 하곤 했다.

1848년 루이 필리프 왕이 2월 혁명으로 추방되고 루이 나폴레옹이 집권하자 뒤마는 몰락한다. 그는 빚쟁이들을 피해 벨기에 브뤼셀로 도망갔다가 다시 러시아로 갔다. 당시 러시아에는 프랑스어가 제2의 언어였기에 그의 작품이 큰 인기를 얻고 있었다. 그 후 그는 이탈리아 통일 운동에 참여한 뒤 1864년 파리로 돌아왔다. 그러나 역마살을 이기지 못해 해마다 오스트리아, 헝가리, 독일, 이탈리아, 스페인 등지를 여행했고 1869년에는 브르타뉴에 머물면서 『요리대사전』을 집필했다. 1870년 뇌출혈로 반신불수가 된 뒤 디에프 근처의 아들 별장에 정착하여 지내다 12월 5일 세상을 떠났다. 향년 68세였다.

그가 죽은 지 2년이 지난 어느 날 그와 같은 해에 태어난 빅토르 위고는 뒤마의 아들 뒤마 피스에게 애도의 편지를 뒤늦게 보낸다. 사정상 추도식에 참석하지 못했음을 아쉽게 생각하며 보낸 편지에서 그는 뒤마에 대해 이렇게 쓴다.

이 세기의 어떤 작가도 알렉상드르 뒤마의 인기를 능가하지 못할 것입니다. 그의 성공은 성공 이상의 것입니다. 그것은 승리입니다. 그의 이름은 프랑스적인 것 이상입니다. 그것은 유럽적인 것입니다. 아니 그 이상입니다. 그의 이름은 이제 보편이 되었습니다. 그의 연극 포스터는 전 세계에 붙어 있고 그의 소설들은 모든 언어로 번역되었습니다. 그는 우리의 영혼과 두뇌, 지성을 풍요롭게 합니다. 그는 '읽고자 하는 욕구'를 창조해냅니다.

프랑스 파리 제17구인 말제르브 광장에는 알렉상드르 뒤마의 기념비가 부친과 아들의 석상과 함께 서 있다. 혼혈이라는

이유로 자신을 모욕한 사람에게 그가 해준 통쾌한 말을 여러
분에게 끝으로 소개한다.

내 아버지는 물라토[백인과 흑인의 혼혈], 내 할아버지
는 흑인, 그리고 내 증조부는 원숭이였소. 우리 집안의
출발점이 바로 당신 집안의 종착점이군요.

『몽테크리스토 백작』 바칼로레아

1 『몽테크리스토 백작』에는 주인공 에드몽 당테스를 파멸로 이끈 세 명의 죄인이 등장한다. 시기심에 사로잡혀 애당초 음모를 꾸민 당글라르, 질투에 눈이 멀어 연적을 음해하는 글을 검찰로 보낸 페르낭, 출세를 위해 죄 없는 사람을 감옥에 넣은 검사 빌포르가 바로 그들이다. 여러분은 그 셋 중에 누구의 죄가 가장 크다고 보는가? 음모를 기획한 자인가, 그걸 행동에 옮긴 자인가, 자신의 출세를 위하여 그 음모를 구체적으로 실행한 자인가?

2 『몽테크리스토 백작』은 복수의 드라마로 알려져 있다. 죄

를 지은 자를 응징하는 것! 그것은 통쾌한 일이다. 하지만 정작 주인공 에드몽 당테스는 복수를 하면 할수록 통쾌한 승리감을 맛보지 못하며, 어떨 때는 죄책감을 느끼기도 한다. 그가 복수를 행하면서 죄책감까지 느낀 이유는 무엇일까? 그는 왜 당글라르를 용서해준 것일까?

3 『몽테크리스토 백작』은 복수의 드라마면서 동시에 보은의 드라마이기도 하다. 여러분은 주인공 에드몽 당테스가 복수를 할 때 더 열광했는가, 아니면 모렐 선주와 그 자식들에게 보은을 할 때 더 감동했는가? 그 열광과 감동에 대해 친구들과 이야기를 나누어보라.

몽테크리스토 백작 2

생각하는 힘: 진형준 교수의 세계문학컬렉션 26

펴낸날	초판 1쇄 2018년 2월 1일
	초판 2쇄 2018년 11월 15일

지은이	알렉상드르 뒤마
옮긴이	진형준
펴낸이	심만수
펴낸곳	(주)살림출판사
출판등록	1989년 11월 1일 제9-210호

주소	경기도 파주시 광인사길 30
전화	031-955-1350 팩스 031-624-1356
홈페이지	http://www.sallimbooks.com
이메일	book@sallimbooks.com

ISBN	978-89-522-3822-1 04800
	978-89-522-3842-9 04800 (세트)

※ 값은 뒤표지에 있습니다.
※ 잘못 만들어진 책은 구입하신 서점에서 바꾸어 드립니다.

이 도서의 국립중앙도서관 출판시도서목록(CIP)은 서지정보유통지원시스템 홈페이지
(http://seoji.nl.go.kr)와 국가자료공동목록시스템(http://www.nl.go.kr/kolisnet)에서
이용하실 수 있습니다.(CIP제어번호: CIP2017035126)

책임편집·교정교열 오석하 이해옥